U0331025

俄苏文学经典译著·长篇小说

屠格涅夫（1818—1883）

　　十九世纪俄国批判现实主义作家。屠格涅夫是第一个现实主义精神充分、现实主义手法纯熟的俄国小说家。他的出现，标志着俄国现实主义文学进入了成熟阶段。其代表性作品有：长篇小说《罗亭》《贵族之家》《前夜》《父与子》、中篇小说《阿霞》《初恋》等。

丽尼（1909—1968）

　　著名文学家、翻译家。原名郭安仁，湖北孝感人。20世纪30年代初在上海参加"左联"，并与巴金、吴朗西等创办文化生活出版社。抗战时期一直从事创作和教学。1949年后，曾任中国电影出版社外国电影编译室副主任、《译文》编委、广州暨南大学中文系教授。著有散文集《白夜》《鹰之歌》，译著有《贵族之家》《前夜》《万尼亚舅舅》等。

俄苏文学经典译著·

长 篇 小 说

Russian

Literature

Classic.

NOVEL

Накануне.

Turgenev

前夜

[俄]屠格涅夫 著

丽尼 译

三联书店

图书在版编目（CIP）数据

前夜／（俄罗斯）屠格涅夫著；丽尼译．—北京：生活·读书·新知
三联书店，2019.5
（俄苏文学经典译著·长篇小说）
ISBN 978 - 7 - 108 - 06384 - 7

Ⅰ．①前…　Ⅱ．①屠…②丽…　Ⅲ．①长篇小说－俄罗斯－近代
Ⅳ．①I512.44

中国版本图书馆 CIP 数据核字（2018）第 196402 号

责任编辑　王婧娅
封面设计　樱　桃
责任印制　黄雪明
出版发行　生活·讀書·新知　三联书店
　　　　　（北京市东城区美术馆东街 22 号）
邮　　编　100010
印　　刷　常熟市人民印刷有限公司
版　　次　2019 年 5 月第 1 版
　　　　　2019 年 5 月第 1 次印刷
开　　本　650 毫米×900 毫米　1/16　印张　13.75
字　　数　184 千字
定　　价　46.00 元

俄苏文学经典译著

出版说明

　　本丛书是对中国左翼作家所译俄苏文学经典一次系统的整理和展现，所辑各书均为名家名译，这不仅是文献和版本意义上的出版，更是对当时红色文化移植的重新激活。

　　早在1948年生活书店、读书出版社、新知书店合并为生活·读书·新知三联书店前，三家出版社就以引介俄苏经典文学和社会理论图书等为己任。比如1937年生活书店出版托尔斯泰的《安娜·卡列尼娜》，1946年新知书店出版《钢铁是怎样炼成的》。1949年以后，虽然也有出版社对俄苏文学经典进行重译、重编，但难免失去了初始的本色，并且遗失了些许当时出版的有价值的译著；此外，左翼作家的译介因其"著译合一"的特点，在众多译本中，自有其价值；更重要的是，这些文学经典蕴含的对生活的热情、对信仰的坚守、对事业的激情在今天亦鼓动人心，能给每一位真诚活着的人以前行的动力。因此，系统地整理出版左翼作家翻译的俄苏文学经典是必要的。

　　我们在对书稿进行加工时，主要遵循了以下原则：

　　一、本丛书为重排本，由繁体字竖排版改为简体字横排版。

　　二、忠实原作，保持原译语言风格及表现方式；对书中人物及相关译名除必要的规范外基本保留。

　　三、原书注释如旧，编者所出的注释，均以"编者注"标明，以示与原书注释的区别。

四、对原书中各种错讹脱衍之处，直接订正。

五、数字只要统一、规范，基本沿用；对标点符号的用法，尽可能做到规范。

六、在不影响原译意的情况下，对个别表述可能有歧义的字句进行必要斟酌处理。

总　序

　　生活·读书·新知三联书店推出"俄苏文学经典译著·长篇小说"丛书，意义重大，令人欣喜。

　　这套丛书撷取了 1919 至 1949 年介绍到中国的近 50 种著名的俄苏文学作品。1919 年是中国历史和文化上的一个重要的分水岭，它对于中国俄苏文学译介同样如此，俄苏文学译介自此进入盛期并日益深刻地影响中国。从某种意义上来说，这套丛书的出版既是对"五四"百年的一种独特纪念，也是对中国俄苏文学译介的一个极佳的世纪回眸。

　　丛书收入了普希金、果戈理、屠格涅夫、陀思妥耶夫斯基、托尔斯泰、高尔基、肖洛霍夫、法捷耶夫、奥斯特洛夫斯基、格罗斯曼等著名作家的代表作，深刻反映了俄国社会不同历史时期的面貌，内容精彩纷呈，艺术精湛独到。

　　这些名著的译者名家云集，他们的翻译活动与时代相呼应。20 世纪 20 年代以后，特别是"左联"成立后，中国的革命文学家和进步知识分子成了新文学运动中翻译的主将和领导者，如鲁迅、瞿秋白、耿济之、茅盾、郑振铎等。本丛书的主要译者多为"文学研究会"和"中国左翼作家联盟"的成员，如"左联"成员就有鲁迅、茅盾、沈端先（夏衍）、赵璜（柔石）、丽尼、周立波、周扬、蒋光慈、洪灵菲、姚蓬子、王季愚、杨骚、梅益等；其他译者也均为左翼作家或进步人士，如巴金、曹靖华、罗稷南、高植、陆蠡、李霁野、金人等。这些进步的翻译家不仅是优秀的译者、杰出的作家或学者，同时他们纠正以往译界的不良风气，将翻译事业与中国反帝反封建的斗争结合起来，成为中国新文学运动中的一支重要力量。

这些译者将目光更多地转向了俄苏文学。俄国文学的为社会为人生的主旨得到了同样具有强烈的危机意识和救亡意识，同样将文学看作疗救社会病痛和改造民族灵魂的药方的中国新文学先驱者的认同。茅盾对此这样描述道："我也是和我这一代人同样地被'五四'运动所惊醒了的。我，恐怕也有不少的人像我一样，从魏晋小品、齐梁词赋的梦游世界中，睁圆了眼睛大吃一惊的，是读到了苦苦追求人生意义的19世纪的俄罗斯古典文学。"[1]鲁迅写于1932年的《祝中俄文字之交》一文则高度评价了俄国古典文学和现代苏联文学所取得的成就："15年前，被西欧的所谓文明国人看作未开化的俄国，那文学，在世界文坛上，是胜利的；15年以来，被帝国主义看作恶魔的苏联，那文学，在世界文坛上，是胜利的。这里的所谓'胜利'，是说，以它的内容和技术的杰出，而得到广大的读者，并且给予了读者许多有益的东西。它在中国，也没有出于这例子之外。""那时就知道了俄国文学是我们的导师和朋友。因为从那里面，看见了被压迫者的善良的灵魂，的酸辛，的挣扎，还和40年代的作品一同烧起希望，和60年代的作品一同感到悲哀。""俄国的作品，渐渐地绍介进中国来了，同时也得到了一部分读者的共鸣，只是传布开去。"鲁迅先生的这些见解可以在中国翻译俄苏文学的历程中得到印证。

中国最初的俄国文学作品译介始于1872年，在《中西闻见录》的

---

[1] 茅盾：《契诃夫的时代意义》，载《世界文学》1960年1月号。

创刊号上刊载有丁韪良（美国传教士）译的《俄人寓言》一则。[1] 但是从 1872 年至 1919 年将近半个世纪，俄国文学译介的数量甚少，在当时的外国文学译介总量中所占的比重很小。晚清至民国初年，中国的外国文学译介者的目光大都集中在英法等国文学上，直到"五四"时期才更多地移向了"自出新理"（茅盾语）的俄国文学上来。这一点从译介的数量和质量上可以见到。

首先译作数量大增。"五四"时期，俄国文学作品译介在中国"极一时之盛"的局面开始出现。据《中国新文学大系》（史料·索引卷）不完全统计，1919 年后的八年（1920 年至 1927 年），中国翻译外国文学作品，印成单行本的（不计综合性的集子和理论译著）有 190 种，其中俄国为 69 种（在此期间初版的俄国文学作品实为 83 种，另有许多重版书），大大超过任何一个国家，占总数近五分之二，译介之集中可见一斑。再纵向比较，1900 至 1916 年，俄国文学单行本初版数年均不到 0.9 部，1917 至 1919 年为年均 1.7 部，而此后八年则为年均约十部，虽还不能与其后的年代相比，但已显出大幅度跃升的态势。出版的小说单行本译著有：普希金的《甲必丹之女》（即《上尉的女儿》），陀思妥耶夫斯基的《穷人》、《主妇》（即《女房东》），屠格涅夫的《前夜》、《父与子》、《新时代》（即《处女地》），托尔斯泰的《婀娜小史》（即《安娜·卡列尼娜》）、《现身说法》（即《童年·少年·青年》）、《复活》，柯罗连科的《玛加尔的梦》和《盲乐师》，路卜洵的《灰色马》，阿尔志跋绥夫的《工人绥惠略夫》等。[2] 在许多综合性的集子中，俄国文学的译作也占重要位置，还有更多的作品散布在各种期刊上。

其次翻译质量提高。辛亥革命前后至"五四"高潮前，中国的俄国

---

[1] 可参见笔者在《二十世纪中俄文学关系》（学林出版社，1998；高等教育出版社，2002）中的相关考证。

[2] 这套丛书中收入了这一时期张亚权译的柯罗连科的《盲乐师》（商务印书馆，1926）。

文学译介均为转译本，且多为文言。即使一些"名家名译"，如戴翼翚译的普希罄《俄国情史》（即普希金《上尉的女儿》，1903）、马君武译的托尔斯泰的《心狱》（即《复活》，1914）、林纾和陈家麟合译的托尔斯泰的《罗刹因果录》（收八篇短篇，1915）等，也因受当时译风的影响，对原作进行改动或发挥之处颇多，有的译作几近于演述。1919年以后，译者队伍与译风发生了根本上的变化。一批才气横溢的通俄语的年轻人加入了俄国文学作品翻译的队伍，其中有瞿秋白、耿济之、沈颖、韦素园、曹靖华等。以本套丛书入选译本最多的译者耿济之为例。耿济之早年在俄文专修馆学习，1919年在《新中国》杂志上发表最初的译作，即托尔斯泰的《真幸福》（即《伊略斯》）和《旅客夜谭》（即《克莱采奏鸣曲》）等作品。20年代初期，耿济之又有果戈理的《马车》和《疯人日记》、赫尔岑的《鹊贼》、屠格涅夫的《村之月》、奥斯特洛夫斯基的《雷雨》、托尔斯泰的《家庭幸福》和《黑暗之势力》、契诃夫的《侯爵夫人》等重要译作。此后他一发不可收，数十年间译出了大量的俄国文学名著，是中国早期产量最多和态度最严肃的俄国文学译介者。当然，这时期仍有相当一部分翻译家依然利用其他语种的文字在转译俄国文学作品，如鲁迅、周作人、李霁野、郑振铎、赵景深、郭沫若等。这些译者大多学养深厚，译风严谨。鲁迅在20年代前期和中期译出了阿尔志跋绥夫的《工人绥惠略夫》《幸福》《医生》和《巴什唐之死》、安德列耶夫的《黯淡的烟霭里》和《书籍》、契诃夫的《连翘》、迦尔洵的《一篇很短的传奇》等不少俄国文学作品。尽管是转译，但翻译的水准受到学界好评。

20世纪二三十年代，中国文坛开始引进苏俄文学。1931年12月，瞿秋白在给鲁迅的信中谈到：有系统地译介苏联文学名著，"这是中国普罗文学者的重要任务之一"[1]。不少出版社在20年代末相继推出

---

[1] 瞿秋白：《论翻译》，见《瞿秋白文集》第2卷，人民文学出版社1954年版。

"新俄文学"作品专集。最早出现的是由曹靖华辑译、北平未名社1927年出版的《白茶（苏俄独幕剧集）》一书。而后，鲁迅、叶灵凤、曹靖华、蒋光慈、傅东华、冯雪峰和郭沫若等辑译的各种苏联文学作品集相继问世。这一时期，译出了不少活跃于十月革命前后的苏俄著名作家的作品。比较重要的有：拉夫列尼约夫的《第四十一》、革拉特珂夫的《士敏土》、绥拉菲莫维奇的《铁流》、法捷耶夫的《毁灭》、聂维罗夫的《不走正路的安得伦》、雅科夫列夫的《十月》、伊凡诺夫的《铁甲列车Nr. 14 - 6》、富曼诺夫的《夏伯阳》、肖洛霍夫的《静静的顿河》（前两部）和《被开垦的处女地》、奥斯特洛夫斯基的长篇小说《钢铁是怎样炼成的》、诺维科夫-普里波伊的《对马》、马雅可夫斯基的诗集《呐喊》、爱伦堡等人的报告文学集《在特鲁厄尔前线》和阿·托尔斯泰的剧本《丹东之死》等。

这一时期，作品被译得最多的作家是高尔基。最早出现的是宋桂煌从英文转译的《高尔基小说集》（上海民智书局，1928）。这部小说集中载有《二十六个男和一女》和《拆尔卡士》（即《切尔卡什》）等五篇作品。最早出现的单行本是沈端先（即夏衍）从日文转译的高尔基的《母亲》。[1] 30年代中国出版的有关高尔基的文集、选集和各种单行本更多，总数达57种，如鲁迅编的《戈里基文录》、瞿秋白译的《高尔基创作选集》、黄源编译的《高尔基代表作》、周天民等编选的《高尔基选集》（六卷）等。此外问世的还有：鲁迅等译的短篇集《恶魔》和《俄罗斯的童话》、史铁儿（即瞿秋白）译的《不平常的故事》、巴金译的短篇集《草原故事》、丽尼译的《天蓝的生活》、钱谦吾（即阿英）译的《劳动的音乐》、蓬子译的《我的童年》、王季愚译的《在人间》、杜畏之等译的《我的大学》、何素文译的《夏天》、何妨译的《忏悔》、罗稷南译的《四十年间》、赵璜（即柔石）译的《颓废》（即《阿尔达莫诺夫家

---

[1] 该书1929年由上海大江书铺出版第一部，次年出版第二部。

的事业》）、钟石韦译的《三人》、李谊译的《夜店》（即《底层》）和贺知远译的《太阳的孩子们》等。

进入 20 世纪 40 年代，由于苏德战争和太平洋战争的爆发，中国文坛把自己的目光转向了苏联卫国战争文学。1942 年在上海创刊（1949年终刊）的《苏联文艺》发表的各类作品的总字数达六百多万字，其中大部分是反映苏联卫国战争的文学作品。此外，仅就单行本而言，各出版社出版或重版的此类书籍的数量有百余种之多。这些作品极大地鼓舞了中国人民反抗外族入侵和黑暗统治的斗志。也许今天的人们已经淡忘了它们，有些作品从艺术上看似乎也有些逊色。但是，其中经受住了历史检验的优秀之作，仍值得我们珍视。这一时期，苏联其他一些文学作品也有译介。值得一提的有：肖洛霍夫的《静静的顿河》（全译本）、叶赛宁、勃洛克和马雅可夫斯基合集的《苏联三大诗人代表作》、阿·托尔斯泰的《苦难的历程》和《彼得大帝》、费定的《城与年》、奥斯特洛夫斯基的《暴风雨所诞生的》、潘诺娃的《旅伴》、克雷莫夫的《油船德宾特号》、波列伏依的《真正的人》、卡达耶夫的《时间呀，前进！》、列昂诺夫的《索溪》、冈察尔的《旗手》（第一部）、包戈廷的剧本《带枪的人》《苏联名作家专集》（共五辑）等。其中不少名著在这一时期初次被译成中文。可以说，至 20 世纪 40 年代末，苏联重要的主流文学作品译介得已相当全面。

1919 年以后的 30 年间，译介到中国的俄苏文学作品产生了巨大的影响。钱谷融教授曾经生动地描述过抗战时期他随学校迁至四川偏远小城，在那里迷上俄国文学的一些情景。他还表示自己"是喝着俄国文学的乳汁而成长的"，"俄国文学对我的影响不仅仅是在文学方面，它深入到我的血液和骨髓里，我观照万事万物的眼光识力，乃至我的整个心灵，都与俄国文学对我的陶冶薰育之功不可分。我已不记得最先接触到的俄国文学名著是哪一本了，总之是一接触到它就立即把我深深地吸引住了，使我如醉如痴，使我废寝忘食。尽管只要是真正的名著，不管它是英、美的，法国的，德国的，还是其他国家的，都能吸引我，都能使我迷醉。但是论其作品数量之多，吸引我的程度之深，则无论哪一国的文学，都比不上俄国文学"。这样的感受和评价在那一时代的知识分子中并不罕见。

由于社会的、历史的和文学的因素使然，中国知识分子（特别是左翼知识分子）强烈地认同俄苏文化中蕴含着的鲜明的民主意识、人道精神和历史使命感。红色中国对俄苏文化表现出空前的热情，俄罗斯优秀的音乐、绘画、舞蹈和文学作品曾风靡整个中国，深刻地影响了几代中国人精神上的成长。除了俄罗斯本土以外，中国读者和观众对俄苏文化的熟悉程度举世无双。在高举斗争旗帜的年代，这种外来文化不仅培育了人们的理想主义的情怀，而且也给予了我们当时的文化所缺乏的那种生活气息和人情味。因此，尽管中俄（苏）两国之间的国家关系几经曲折，但是俄苏文化的影响力却历久而不衰。

在中国译介俄苏文学的漫漫长途中，除了翻译家们所做出的杰出贡献外，还有无数的出版人为此付出了艰辛的努力，甚至冒了巨大的风险。在俄苏文学经典的译著中，我们常常可以看到商务印书馆、中华书局、开明书店、文化生活出版社等出版社的名字，也常常可以看到三联书店的前身生活书店、读书出版社、新知书店的名字。这套丛书中就有：生活书店 1936 年出版的、由周立波翻译的肖洛霍夫的小说《被开垦的处女地》，生活书店 1936 年出版的、由王季愚翻译的高尔基的小说《在人间》，生活书店 1937 年出版的、由周扬和罗稷南翻译的列夫·托尔斯泰的小说《安娜·卡列尼娜》，新知书店 1937 年出版的、由梅益翻译的普里波伊的小说《对马》，读书出版社 1943 年出版的、由王语今翻译的奥斯特洛夫斯基的小说《暴风雨所诞生的》，新知书店 1946 年出版的、由梅益翻译的奥斯特洛夫斯基的小说《钢铁是怎样炼成的》，生活书店 1948 年出版的、由罗稷南翻译的高尔基小说《克里·萨木金的一生》。熠熠生辉的名家名译，这是现代出版界在中国文化发展史上写就的不可磨灭的一笔。这套丛书的出版也是三联书店文脉传承的写照。

　　尽管由于时代的发展，文字的变迁，丛书中某些译本的表述方式或者人物译名会与当下有所差异，但是这些出自名家之手的早期译本有着独特的价值。名译与名著的辉映，使经典具有了恒久的魅力。相信如今的读者也能从那些原汁原味的译著中品味名著与译家的风采，汲取有益的养料。

陈建华

2018 年 7 月于沪上西郊夏州花园

目 录

本书人物表

叶琳娜·尼古拉耶芙娜（列诺奇卡）

德米特里·尼卡诺雷奇·英沙罗夫

尼古拉·阿尔吉米耶维奇·斯塔霍夫　　叶琳娜之父

安娜·瓦西里耶芙娜·斯塔诺娃　　叶琳娜之母

乌发尔·伊凡诺维奇·斯塔霍夫　　尼古拉之远房叔父

安德烈·彼得罗维奇·伯尔森涅夫　　叶琳娜朋友

巴威尔·雅可夫列维奇·舒宾　　叶琳娜朋友

伊戈尔·安德烈耶维奇·库尔纳托夫斯基　　枢密院主任秘书

奥古斯汀娜·赫利斯奇安诺芙娜　　尼古拉情妇

安奴什卡　　村女

伦基奇　　达尔玛基水手

鲁坡雅罗夫　　不速客

一

　　一八五三年夏天一个酷热的日子里，在离昆采沃不远的莫斯科河畔，一株高大的菩提树的树荫下，有两位青年人在草地上躺着。其中一位，看来约莫二十三岁，身材高大，面色微黑，鼻子尖而略钩，高额，厚嘴唇上浮着矜持的微笑，正仰身躺着，半睁半闭的灰色小眼睛沉思地凝望着远方；另一位，则俯身趴着，长着鬈曲的浅黄头发的脑袋托在两只手上，也正向着远处凝望。比起他的同伴来，他其实年长三岁——可是，看起来却反而年轻很多，他的胡须才不过刚刚茁出，颏下仅有些许蜷曲的软毛。在那红润的、圆圆的小脸上，在那温柔的褐色眼睛里，在那美丽的突出的唇边和白白的小手上，全有着一种孩子似的爱娇和动人的优美。他身上的一切全都焕发着健康的幸福和愉快，洋溢着青春的欢欣——无忧无虑、得意扬扬、自爱自溺和青春的魅力。他转动着眼珠，微笑着，偏着脑袋，好像小孩子们明知别人爱看自己就故意撒娇似的。他穿着一件宽大的白色上衣，几乎像一件罩袍。一条蓝色的围巾绕着他纤细的颈项。一顶揉皱的草帽扔在他身旁的草地上。

　　和他一比，他的同伴就似乎是位老人了。看着他那呆板的身体，谁也想不到他也正自己觉着幸福，也正享受着自己的生活。他笨拙地躺着，上阔下削的大脑袋拙笨地安置在细长的脖子上。就是他的手、他的紧裹在太短的黑上衣里的身体、他翘着膝盖的蚱蜢似的长腿，所有它们的姿态也无一不显拙笨。虽则如此，却也不能不承认他是一个颇有教养的人。他整个朴拙的身体都显示着"可敬"的迹印，而他的面孔，果然是不很美的，甚至有点儿滑稽可笑，可是却表现着深思的习惯和善良的天性。他的名字叫作安德烈·彼得罗维奇·伯尔森涅夫；他的同伴，那位浅黄头发的青年，则名叫巴威尔·雅可夫列维奇·舒宾。

　　"你干吗不像我这么样趴着呢？"舒宾开始说，"这样可好多啦。尤其当你把脚这么跷起来，把脚跟并拢的时候——像这么样——青草就在你鼻子底下，要是老看着风景觉得无聊，也可以看看肥大的甲虫在草叶上不慌不忙地爬，或者看一只蚂蚁那么忙忙碌碌地奔波。真的，这样可好多啦。可你瞧你，却摆出了那么个拟古的架势，活像个芭蕾舞里的舞娘，一个劲儿靠着纸糊的岩壁。你可得记住：你现在完全有休息的权利啦……第三名毕业，这可不是闹着玩儿的！请休息吧，老兄！请不用那么紧张，请舒展舒展你那疲倦的肢体吧！"

　　舒宾用一种半慵懒、半玩笑的声音，从鼻孔里哼出了他的整个演说来（娇养惯了的孩子对于给他们带了糖果来的父执们，就是像这样说话的），而不等回答，就又继续说道：

　　"蚂蚁诸君、甲虫诸君以及别种可尊敬的昆虫先生们，它们挺叫我奇怪的就是它们那一份惊人的严肃劲儿：它们那么俨乎其然地跑来跑去，好像它们的生命真有什么了不起似的！怎么着，我的天！人为万物之灵，至高的存在呀！可是，你尽管向它们瞪眼吧，它们可睬也不睬你。你瞧，小小的蚊子竟也可以跑到万物之灵的鼻尖儿上来，居然把万物之灵当作面包来享用啦。这真是天大的侮辱。可是，话说回来，它们的生命又有哪一点不如我们的呢？我们要是可以俨乎其然，它们又为什么不可以俨乎其然呢？喏，这儿，哲学家，请给我解决这个问题！——你怎么默然不语呀？呃？"

"什么？……"伯尔森涅夫怔了一怔，说。

"什么！"舒宾重复道，"你的朋友把自己最深奥的思想披沥在你的面前，可是你竟是充耳不闻啦。"

"我在欣赏风景呢。瞧，阳光底下的田野，是多么灼热，多么光辉啊！"（伯尔森涅夫说话有点儿口吃。）

"那不过是些明丽的色彩罢了，"舒宾回答说，"总而言之，那是大自然！"

伯尔森涅夫摇了摇头。

"对于这，你该比我更受感动才对。那是你的本行——你是艺术家呢。"

"对不起，老兄，这可不是我的本行，"舒宾回答着，把帽子戴到后脑勺上，"我是个屠夫呢，老兄。肉才是我的本行——我塑着肉呀，肩呀，手臂呀，大腿呀……可是，在这儿，却没有形态，没有个完整的东西，乱七八糟……你试试看能捕捉到什么呀？"

"可是，要知道，在这儿也有美呢，"伯尔森涅夫说，"啊，说起来，你那个浮雕完成了吗？"

"哪一个？"

"《孩子与山羊》。"

"去它的！去它的！去它的吧！"舒宾唱歌似的叫起来，"我看一看真货色，看一看前人的名作，看一看古董，就不由得把我那一块废料给摔得粉碎啦。你给我指出自然，还说什么'这儿也有美'。当然啊，无论什么里面，都有美，哪怕是尊驾您的鼻子，'也有美'——可是，你总不能把各种的美都追求遍吧？古人——他们就不刻意求美。可是美却不知从哪儿——天知道，也许是从天上吧——自然而然地掉到他们的作品里来啦。整个世界都是属于他们的，可我们的网就不能撒得这样宽，我们的手太短啦。我们只是在一个小池子里垂钓，干瞪着眼。要是碰上那么一个上钩呢，那可是托天之福！要是碰不上……"

舒宾于是把舌头一伸。

"得啦，得啦，"伯尔森涅夫回答说，"这全是似是而非的议论。要是你对美没有共鸣，随时随地遇见美却并不爱它，那么，就是在你的艺术里，美自然也不会来了。如果美的风景、美的音乐，都不能感动你的灵魂，我是想说，如果你没有共鸣……"

"哈，你呀，好一个共鸣家！"舒宾打断了他的话，对自己新造的词，不禁得意地大笑起来。可是，伯尔森涅夫却又坠入了沉思。"不呢，我的老兄，"舒宾继续说道，"你是个聪明人、哲学家，莫斯科大学第三名优秀毕业生，跟你争论可困难哩，尤其像我这么个中途退学的大学生。可是，我告诉你吧：除了我的艺术以外，我所爱的美只在女人身上……在少女身上。就是这，也还是近来的事呢……"

他翻过身来，扣紧了两手，枕在头下。

几分钟沉默地过去了。酷热的午昼的静寂，重压着燃烧的、沉倦的大地。

"啊，说到女人，"舒宾又开始道，"为什么就没有人管管那个斯塔霍夫呢？你在莫斯科见过他吗？"

"没有。"

"老家伙简直昏了头。他整天坐在他那奥古斯汀娜·赫利斯奇安诺芙娜家里，无聊得要死，可是还是坐。你看着我，我望着你，笨透啦！……那样子简直叫人作呕。你想想吧，上帝赐给了这人怎样的一个家庭？可是，不，他还非找个奥古斯汀娜·赫利斯奇安诺芙娜不可！我真没有见过比她那副尊容还要讨厌的东西了，活像一只鸭子！前天，我给她塑了个漫画像，丹唐[1]式的。倒很不错。待会儿我给你瞧吧。"

---

[1] 丹唐（1800—1869），法国雕塑家、漫画家。

"叶琳娜·尼古拉耶芙娜的胸像呢?"伯尔森涅夫问道, "有进展吗?"

"没有,我的老兄,搞不下去啦。就是那脸庞儿,也够叫我没有一点办法。你一眼望过去,那些线条全是那么纯洁、严肃、端正。想着,塑得相像总不难吧。可是,完全不是那么回事……就像神话里的珠宝,可望而不可即。你可注意到她是怎样来听人说话的?脸上一丝神色也不动,可是那双眼睛的表情却在不断变化,而整个面孔,也就跟着变化了。一个雕塑家,尤其像我这么个蹩脚的雕塑家,对于那样的脸,能怎么办呢?她真是个不可思议的人……奇怪的人。"沉默一会儿以后,他又补充说。

"是的。她真是个不可思议的姑娘。"伯尔森涅夫也同样说。

"可她竟是尼古拉·阿尔吉米耶维奇·斯塔霍夫的女儿!要说血统,要说族系,这又从哪儿说起呢?有趣的是,她正是他的女儿。她像他,也像她母亲安娜·瓦西里耶芙娜。我从心坎儿里尊敬安娜·瓦西里耶芙娜,她是我的恩人。可是,她简直是一只母鸡。叶琳娜是从哪儿得来那么美丽的灵魂的呢?是哪一个点燃了她那心灵的火把的呢?喏,哲学家,这儿又给你提出了个问题!"

可是"哲学家"却仍和先前一样,一言不答。一般说来,伯尔森涅夫是绝不会失于多言的,就是当他说话的时候,他也说得很拙讷、不流畅,加上不必要的手势。尤其在此刻,他更感到一种奇特的平静落到他的灵魂上来了,有如倦怠,也像忧愁。在城里,他经过了长久的艰苦工作,每天用功好几小时,是新近才搬到城外来的。生活的闲适,空气的温柔和清洁,达到了目的地的感觉。友人的奇想的、无拘无束的畅谈,一个突然浮现的可爱的面影,所有这些印象,不同而又好像相同,在他心里溶成了一种总的情绪,既使他感到安慰,又使他兴奋,而终于,使他感到疲倦……他本来就是一个非常神经质的青年人。

菩提树下,清凉而且寂静。蝇和蜂飞到荫下时,它们的嗡嗡声也似乎变得分外温柔。油绿色的青草，不杂一点金黄，鲜洁可爱，一望平铺着，全无波动。修长的花茎兀立着，也不动颤，似乎已经入了迷梦。菩提树的矮枝上面悬着无数黄花的小束，也静止着，好像已经死去。每一呼吸，芳香就沁入了肺腑，而肺腑也欣然吸入芳香。远远的地方，在河那边，直到地平线上，一切都是灿烂辉煌。不时有微风掠过，吹皱了平野，加强着光明。一层光辉的薄雾笼罩着整个田间。鸟声寂然：在酷热的正午，鸟向来是不歌唱的，可是，纺织娘的唧唧鸣声却遍于四野。听着这热烈的生之鸣奏，使得安静地坐在清幽的荫下的人们感到十分愉悦：它使人们沉倦欲睡，同时，又勾引着深幻的梦想。

"你可注意到，"伯尔森涅夫突然开始说，用手势辅助着自己的话，"自然在我们心里所唤起的，该是多么奇妙的感情啊！在自然里，一切都是那么完全，那么明确。我的意思是说，一切都是那么满足于自己。我们明白这一点，也赞美它，可是，同时，至少在我，它也往往引起一种不安，引起一种惶惑，甚至忧郁。这是什么意思呢？是不是在自然面前，和自然相对的时候，我们就更明白地感觉到自己的不完全、自己的不明确呢？或者是，自然所有的那种满足，我们却没有？而另一方面，我的意思是说，我们所需要的，自然却正缺乏呢？"

"嗯，"舒宾回答说，"我告诉你吧，安德烈·彼得罗维奇，我告诉你那是怎么个来由。你所描写的，就是一个孤独的人的感觉。这种人并不是在活着，却只在出神地观望着。观望有什么意思呢？生活吧，生活起来，那就好极啦！任你怎样叩着自然的门，它总不会用清楚的言语回答你的，因为它是个哑子。好像竖琴的弦，它会发出一个音响或者一声呻吟，可是，别想它会唱出一支歌。唯有一颗活着的心——特别是女人的心——喏，它才会给你真的回答。所以，我亲爱的朋友，我劝你还是给自己找个心坎儿上的人儿吧，那么，你的什么苦恼，什么忧愁，马上都会烟消云散啦。我们'需要'什么？就'需要'这个。你可知道，所有这种惶惑，这种忧郁，都不过是一种饥饿。给你的肚皮装进真正的食物去，那么所有一切就马上不成问题啦。我的老兄，放胆生活，得其所哉，这就成啦。再说，'自然'到底是个什么东西呢？自然有什么用处呢？你听听，爱情……多么有力、多么热烈的字眼！自然……这可多么冷酷、多么学究气呢！那么，来吧，"（舒宾唱了起来）"'万岁呀，玛丽亚·彼得罗芙娜，'哦，不，"他又说，"不是玛丽亚·彼得罗芙娜，可是，什么全是一样！你会了解我的。[1]"

伯尔森涅夫抬起身来，把紧握着的手支着下巴颏。

"有什么可以嘲笑的呢？"他说，并不望他的同伴，"为什么要揶揄人呢？是的，你说得对，爱情是个伟大的字眼，是种伟大的感情……可是，你说的是哪一种爱情呢？"

舒宾也抬起身来。

"哪一种爱情？你高兴哪种就是哪种吧，只要有。我老实跟你说吧，照我看，就根本不会有几种几样的爱情。如果你爱……"

"就得一心一意地爱。"伯尔森涅夫插嘴说。

"当然，那是不待言的了。心，可不比苹果，它是分割不开的。如果你爱，那你就对啦。我可也没有揶揄人的意思。就说现在，我心里可真有一份柔情，简直柔得要化啦……我只想解释一下，自然对我们究竟为什么有你所说的那种影响。那就是因为它在我们心里唤起了爱情的欲望，可又不能满足它。自然把我们轻轻地向别的活人的怀抱里推，可是，我们不了解它，却只是向它本身去寄托我们的要求。啊，安德烈，安德烈，瞧这阳光，这天空，该多美呀！所有一切，我们周围的这一切，也全都多美呀！可你还忧愁。可是，如果说，在此刻，你手里牵着的是你心爱的女人的手，如果那只手和那整个女人全是属于你的，如果你不是用你自己的眼睛看，却用她的眼睛来看，不是用自己孤寂的心情去感受，却用她的心情来感受——那么，安德烈，自然就不会叫你忧

---

[1] 原文为法文。——原注

郁，也不会叫你惶惑，而你也就不会来观察自然的美了。自然它自己就会欢乐起来、歌唱起来的。它自己就会来应和你的歌声，因为，在那时节，你自己就会给它——给那哑口的自然赋予生花的舌头啦！”

舒宾一跃而起，来回走了两次，可是伯尔森涅夫却垂着头，脸上浮出一抹淡淡的红晕。

“我可不能完全同意你的话，”他开始说，“自然可并不往往把我们指向……爱情。（他不能一口气说出‘爱情’这个字眼来。）自然也威胁着我们。它也使我们想起那种可怕的……是的，不可解的神秘。它难道不是终于要吞掉我们，从古以来就一直要把我们吞掉的吗？在自然里，有生，也有死。在自然里，死亡的声音也正和生活的声音一样强烈呢。”

“在爱情里，一样有生也有死。”舒宾插嘴说。

“那么，”伯尔森涅夫继续道，“当我，比方说，站在春天的森林里，站在翠绿的灌木丛里的时候，当我似乎听到了奥白龙[1]的仙角的神秘的鸣奏的时候（伯尔森涅夫——当他说着这样的话的时候——觉得有点儿害羞）。难道那也是……”

“那也不过是爱情的渴慕，幸福的渴慕，如此而已！”舒宾打断了他的话，“那种仙乐，我也知道的。在林荫里，在森林深处，或者在田野里，当黄昏来到，夕阳沉落，河上的轻雾从矮林后面升起的时候，我的灵魂也同样感到柔情和期待。可是，无论是森林，是河流，是田野，是天空，或是每一朵云，每一根草，都不外使我期待着幸福，要求着幸福。在这一切里，我所感觉的只是幸福的临近，听见的只是幸福的呼声！‘啊，我的上帝呀，光明而愉快的上帝！’我就用这样的句子构思出我生平唯一的一首诗。你得承认，这开头的第一句可够伟大的啦，可是我怎么也诌不上第二句来。幸福！幸福！只要我们还在有生之年，只要我们的肢体还能运动，只要我们还在走上坡路，不是在走下坡路！去它

[1] 奥白龙，法国古代传说中的仙王，居于森林中。

的吧!"舒宾怀着突如其来的热情继续说道,"我们还年轻,我们不是怪物,也不是傻子。我们自己来争取自己的幸福吧!"

他摇了摇他的鬈发,以一种自负的、几乎是挑战的神气望了望天空。伯尔森涅夫也抬起眼睛来,望着他。

"难道就没有什么比幸福还崇高的吗?"他轻轻地说。

"比方说?"舒宾问道,又打住了。

"比方说,你和我,像你所说的,都还年轻。大概也可以说,我们都是好人。我们各人都在追求各人的幸福……可是,'幸福'这个字眼,难道是一个能使我们团结、给我们鼓舞、让我们互相握起手来的字眼吗?它难道不是一个自私的字眼?我是说,难道不是一个使人分裂的字眼吗?"

"你难道还知道有什么使人团结的字眼?"

"有的,还很不少!你自己当然也知道它们的。"

"有哪些?无妨试说一二吧。"

"就说艺术吧——因为你是个艺术家——还有祖国、科学、自由、正义。"

"爱情呢?"舒宾问。

"爱情,当然,那也是个使人团结的字眼。可是,那却不是你现在所渴望的那种爱情,不是那种为了享乐的爱情,却是一种要求自我牺牲的爱情。"

舒宾皱了皱眉。

"对于德国人,这是很好的。可是我需要的只是为我自己的爱情。我需要的是做第一号。"

"第一号,"伯尔森涅夫重复说,"可是,依我看,我们的生命的整个意义倒是应该把自己放在第二位呢。"

"如果每个人都照着尊驾您的高见做去,"舒宾说着,做出了一个可怜相的怪脸,"那么,世界上谁也不会吃波罗蜜啦,谁都会把它们奉献给别人啦。"

"那也就是说，波罗蜜本来也不是非吃不可的。可是，别吃惊吧，也有不少爱吃波罗蜜的人，为了波罗蜜甚至不惜把别人口里的面包也给掏出来的呢。"

两位朋友暂时沉默不语。

"前不久我又碰见英沙罗夫了，"伯尔森涅夫开始说，"我约过他到我这儿来。我很想把他介绍给你……和斯塔霍夫家族。"

"英沙罗夫是谁呀？哦，是啦，就是你跟我说过的那个塞尔维亚人，或者保加利亚人？就是那个爱国志士？就是他把这些个哲学思想灌到你的脑子里来的？"

"也许是吧。"

"是个了不起的人物吗？"

"是的。"

"聪明？有才能？"

"聪明？……是的。有才能？……我不知道，那可很难说。"

"不是吗？那么，有什么了不起呢？"

"你将来会看见的。可是，现在，我想我们该走了吧。安娜·瓦西里耶芙娜也许在等着我们。几点钟了？"

"三点了。咱们走吧。多闷热！这一回谈话叫我的血都沸腾起来了。曾经有一个时候你也……我可不是白白地做了艺术家的。什么我都观察到的。照直说吧，你心里可有了一个女人？……"

舒宾本想窥探一下伯尔森涅夫的脸，可是他却已经转过身去，走出菩提树荫了。舒宾紧跟在后面，潇洒地迈着他的那双小脚。伯尔森涅夫走路十分拙笨，耸着肩膀，颈项也向前伸着。可是，虽则如此，看起来他却比舒宾显得有教养得多，也可以说，绅士得多。假如"绅士"这个称呼在我们中间没有变得如此庸俗。

二

　　两个年轻人走下莫斯科河，沿着河岸走着。河水散发出清凉的气息，微波的温柔的私语使人感受着爱抚。

　　"我真想再洗一回澡，"舒宾说道，"可是我怕来不及了。瞧这河水，它像在朝我们招手呢。要是古希腊人，一定会以为那里面有个仙女吧。可是我们不是希腊人。啊，仙女！……我们不过是厚皮的西徐亚人[1]罢了。"

　　"我们也有美人鱼呢[2]。"伯尔森涅夫说。

　　"得了吧，你那露萨尔卡！那些恐怖的、冷冰冰的想象的产物，那些从闷窒的茅屋、从黑暗的冬夜里所产生的幻象，对于我，一个雕塑家，有什么用呢？我所要的是光明，是空间……我的上帝呀，什么时候

----

[1] 西徐亚人，古希腊作家对公元前 7 世纪至公元 3 世纪居住在黑海沿岸草原各部族的总称，转义为粗野不文的人。

[2] 俄罗斯神话中的水中仙女。

我才到得了意大利？什么时候……"

"你是想说，才到得了小俄罗斯[1]吗？"

"你不害羞吗，安德烈·彼得罗维奇？来责备你的朋友一时的糊涂！就是你不这样，也够我痛悔的了。当然，我的行为也真傻透啦！安娜·瓦西里耶芙娜，所有女人里最仁慈的，给我钱让我到意大利旅行去，可是我却跑到那些一撮毛[2]那儿去啦，去吃面疙瘩[3]，去……"

"请别往下说了吧！"伯尔森涅夫打断了他的话。

"可是，老实说，钱也没有白花。我在那儿看见了那么美的典型，尤其是，女人的典型……当然，我也知道，除了到意大利，再也没有救的！"

"你就是到意大利去，"伯尔森涅夫说，并不回过头来，"也不会做出什么事来的。你只会拍拍翅膀，可是，总也不飞。我们是知道你的。"

"斯塔瓦赛尔[4]可飞啦……还不只他一个。如果我不飞，那就证明我不过是一只企鹅，没有翅膀罢了。这儿把我闷死啦，我要到意大利去，"舒宾继续说，"那儿有阳光，那儿有美……"

正在这时，一个年轻的女郎，戴着宽边草帽，肩上扛着一柄粉红色的小阳伞，出现在两位朋友走着的小路上。

"我看见了什么呀？就是在这儿，也有美来迎接我们来啦！——一个卑微的艺术家给迷人的卓娅姑娘敬礼！"舒宾忽然喊叫起来，演戏似的挥了挥自己的帽子。

被欢呼的少女停下脚步，向舒宾威吓地伸了伸手指，等到两位朋友走近了来，就以响亮的、微带喉音的声音说道：

"怎么啦，先生们，怎么还不来吃饭呢？早都摆好啦。"

---

[1] 即乌克兰。
[2] 乌克兰人的绰号。
[3] 用菜汤或牛奶煮食的一种乌克兰食品。
[4] 斯塔瓦赛尔（1816—1850），俄国著名雕塑家。

"啊！我听见了什么呀？"舒宾又说道，扬起手来，"难道是您，娇滴滴的卓娅姑娘，在这么老热天冒暑出来，亲自来找我们吗？我可以这样大胆地来领会您的意思吗？告诉我，是这样的吗？哦，不，请别说'不是'。说出来，会叫我当场就难过死啦。"

"哟，您得了吧，巴威尔·雅可夫列维奇，"女郎微嗔地回答，"您怎么从来就不肯正正经经地跟我讲话？我要生气啦！"她补充说，卖俏似的耸了耸眉毛，撅了撅嘴唇。

"您不会生我的气的，我的天使般的卓娅·尼基吉什娜。您怎么能忍心把我扔到黑暗的绝望的深渊里去！我不会跟您正正经经地讲话，因为我就不是个正经人。"

女郎耸了耸肩膀，转向了伯尔森涅夫：

"瞧，他老是那样的，老把我当作小孩子。我已经十八岁啦。我已经是大人呢。"

"我的天哪！"舒宾喃喃地说，翻了个白眼。伯尔森涅夫却默默地笑了。

女郎顿了一顿她的小脚。

"巴威尔·雅可夫列维奇，我真会生气啦！……爱伦[1]原来也跟我一道来的，"她继续说，"可是在花园里就留下啦。她怕热，可是我就不怕热。来吧。"

她沿着小路走了，每一步都轻轻摇曳着她那苗条的身体。她那戴着黑手套的美丽的小手，不时从脸上把那柔软的长鬈发掠到鬓后去。

两位朋友跟着她（舒宾一会儿默默地按了按自己的心房，一会儿又高高地扬了扬手），一刻以后，就来到环绕着昆采沃的许多别墅中的一家别墅门前了。一座带着粉红色阁楼的木造小住宅立在花园中央，从碧绿的浓荫后面天真地露出头来。卓娅第一个推开园门，跑进花园里去，

---

[1] 叶琳娜的法语变音。

高声叫道："我把流浪的人们给找回来啦！"一个脸庞苍白而富于表情的少女从小路旁边的椅子上站了起来。门槛上则出现了一位穿着紫红色绸衣的太太，她用一条细麻布绣花手绢搭在头上遮着阳光，慵懒地、倦怠地笑了。

三

　　安娜·瓦西里耶芙娜·斯塔霍娃，本姓舒宾，七岁就成了孤女，可是却继承了相当多的家产。她有极富的亲戚，也有极穷的亲戚。穷的属于父方，富的则属于母系。例如，枢密顾问官伏尔金和契库拉索娃公爵夫人。她的法定保护人阿尔达利昂·契库拉索夫公爵把她送进了莫斯科一家最优良的女塾，而在她离开女塾以后，又把她接到他自己家里来。他交游广阔，每到冬天必开盛大的舞会。安娜·瓦西里耶芙娜的未来丈夫，尼古拉·阿尔吉米耶维奇·斯塔霍夫，就是在某次这样的舞会里把她的心俘获了的。那晚上，她穿的是一件"玫瑰色的漂亮晚礼服，还扎了一顶小朵玫瑰花的花环"。这花环她是一辈子都珍藏着的。……尼古拉·阿尔吉米耶维奇·斯塔霍夫是一位在一八一二年[1]负过伤、在彼得堡干过优差的退役上尉的儿子，十六岁就进了士官学校，卒业后参加了近卫军。他相貌英俊，身材魁伟，在中流人家的晚会上可以算得几乎

---

[1] 指 1812 年俄国抵御拿破仑入侵的卫国战争。

是最风流的美男子。他也多半只能出入于中流社会，上流社会可还没有他的份儿。从青年时代起，他就抱有时刻难忘的两种理想：其一，是做一位侍从武官；其二，是发一笔妻财。第一种理想，他不久就放弃了，可是对于第二种，却抓得更紧。就是怀着这种目的，他每年冬天才必到莫斯科来。尼古拉·阿尔吉米耶维奇，法文说得不坏，并且还有哲学家的美誉。那就是说，他并不纵饮作乐。当他还不过是个准尉的时候，他就已经爱好辩论，固执地讨论着各种问题。例如：一个人一生能不能够把整个地球游遍？或者，人能不能够知道海底下究竟是怎样的情形呢？——而他一贯的主张则是：绝不可能。

尼古拉·阿尔吉米耶维奇"钓上"安娜·瓦西里耶芙娜的时候，正是二十五岁。他于是就退了役，到乡下来经营产业。可是，乡下生活他不久就讨厌了，而且，农民的劳役既已折成了地租，他就决心迁到莫斯科来，住在他妻子的家里。在年轻的时候他什么牌也不爱玩，可是现在却变得热衷于罗托[1]了。当罗托被禁以后，则又热爱叶拉拉什[2]。在家里他感觉无聊，因此，就和一个德国血统的孀妇发生了关系，几乎经常和她在一起。在一八五三年他没有随家来到昆采沃，却留在莫斯科，口里说的是为了便于洗矿泉浴，实际上却是不愿和他那孀妇分开。其实，他和她也并没有多少话可谈，所谈的多半也不过是能否预测天气之类的问题。有一次，不知谁说他是一个反对党[3]——这头衔可使他大为雀跃。"对啦，"他想了想，满心高兴地拉下嘴角，并且晃了晃脑袋，"我可是不容易对付的，你别想随便唬我。"其实，尼古拉·阿尔吉米耶维奇的反对党主义也不过如此。比方，如果别人说到神经，他就说："什么是神经呀？"或者，如果有人和他谈起天文学上的成就，他就说：

---

[1] 罗托，一种盖牌游戏。
[2] 叶拉拉什，古时一种牌戏。
[3] 原文为法文。源出路易十四时法国的 Fronde 党。

"你相信天文学呀?"而当他想要彻底粉碎他的论敌的时候,他就说:"那都不过是废话罢咧!"我们得承认,诸如此类的论证,在某些人看来(在过去,并且直到现在),倒好像真是难以驳倒的。可是,尼古拉·阿尔吉米耶维奇怕是做梦也没有料到,他的奥古斯汀娜·赫利斯奇安诺芙娜,在给自己的表妹费奥多琳达·彼德哲留斯写的信里,却竟然把他叫作"我的小傻瓜"[1]。

尼古拉·阿尔吉米耶维奇的妻子安娜·瓦西里耶芙娜是一位瘦弱的小妇人,玲珑娇小,善感而又多愁。在女塾里上学的时候,她曾经热衷于音乐,爱读小说,但不久以后却把这些全都舍弃,开始来讲求装饰了,而再不久之后,连装饰也不再讲求。有个时期,她确曾致力于女儿的教育,可是,这也使她厌倦,于是,就把女儿交给了家庭女教师,结果,她就只好终日困坐在感伤和沉默的忧郁里了。生叶琳娜·尼古拉耶芙娜损坏了她的健康,使她再也不能生育。尼古拉·阿尔吉米耶维奇就往往暗示着这一事实,来维护自己和奥古斯汀娜·赫利斯奇安诺芙娜之间的私情。丈夫的不忠使得安娜·瓦西里耶芙娜深深伤心,而最使她伤心的就是他曾用欺骗的手段把她安娜·瓦西里耶芙娜自己马厩里的一对灰色马送给了他那德国婆娘。她从不当面责难他,可是私下里,却轮流地向家里的每个人,甚至向自己的女儿,埋怨他。安娜·瓦西里耶芙娜不爱出门,却高兴有客人来陪她坐坐,跟她谈天。当她独自一人的时候,她马上就会病倒了。她的心地非常温柔慈爱,可是生活却很快就把她压垮了。

巴威尔·雅可夫列维奇·舒宾原来是她远房的内侄。他父亲曾在莫斯科干过公事。他哥哥们都已进了士官队。只有他年纪最小,又是他母亲的爱子,加之生得娇弱,所以留在家里。他们预备将来让他进大学,费尽心力,好容易才维持他念完了中等学校。他从小就表现出对于雕塑

----

[1] 原文为德文。——原注

的兴趣。那位肥胖的枢密顾问官伏尔金，有一天在舒宾的姑母家里看见了这位小雕塑家塑的一座小塑像（那时，舒宾还不过十六岁），不禁大为赞赏，当时就宣称他要来保护这位青年天才。可是，舒宾的父亲的突然死去，几乎把这青年人的未来命运完全改变。枢密顾问官，就是那位天才的保护者，仅仅给天才送来一座半身的荷马石膏像，这就完了。幸而安娜·瓦西里耶芙娜帮了他不少的钱，而在十九岁那一年，巴巴结结，他总算进了大学医科。巴威尔对于医学原也没有什么兴趣，但是依照当时的大学分科制度，他实在也进不了什么别的科系，况且，在医科里，他反正还可以学学解剖。可是，他到底没有学完解剖，只在第一学年终了，不等考试，他就离开了大学，来专一地献身于自己的事业了。他热忱地工作，可是时曝时寒。他常在莫斯科近郊闲荡，素描或塑造农妇们的肖像，结识了各种各样的朋友，不论年龄的老少或地位的高低，有意大利模型制造者，也有俄罗斯艺术家。他极端讨厌学院，也不愿有所师承。他有着不可否认的才能，在莫斯科，也渐渐知名起来了。他的母亲出身巴黎名门，生性善良而且贤惠，教会了他法语。她昼夜为他奔忙、操心，引他为自己的骄傲。还在盛年，她就不幸死于肺病，临死时她请求安娜·瓦西里耶芙娜代她照顾她的儿子。那时，他正是二十一岁。安娜·瓦西里耶芙娜完成了他母亲最后的嘱托，而他于是就在那家族的别墅里享有了一个小小的房间。

四

　　"来吧，我们吃午饭去吧，"主妇用怨诉似的声音说，于是，大家来到了餐室。"你挨着我坐，卓叶[1]，"安娜·瓦西里耶芙娜又说，"你，爱伦，你陪着我们的客人。你呀，保尔[2]，我请你别闹，别跟卓叶淘气。我今儿个头痛！"

　　舒宾又把眼睛翻向了天上。卓叶却抿抿嘴回答了他。这个卓叶，或者更准确地说，卓娅·尼基吉什娜·缪莱，是一个漂亮的俄德混血的黄发女郎，眼睛稍稍对视，鼻子小而鼻端微阔，嘴小唇红，身体非常丰美。她唱俄国歌唱得很不坏，在钢琴上能弹各种小曲，无论轻快的或者伤感的，都弹得很正确。装束俏皮，可是打扮得往往有些孩子气，甚至过分整洁。安娜·瓦西里耶芙娜本来是要她来当女儿的女伴的，可是，却几乎总是让她伴着她自己。叶琳娜对这也并不抱怨，当她和卓娅单独

-----

[1] 卓娅的法语变音。
[2] 巴威尔的法语变音。

相对的时候，她反倒不知道和她说什么的好。

食事经过了不少的时间。伯尔森涅夫和叶琳娜谈大学生活，谈他自己的计划和希望。舒宾一言不发地听着，做着夸张的贪馋嘴脸，不时还对卓娅装出毫无办法的滑稽怪相来。而卓娅，则和先前一样，只是报他以浅笑。食事过后，叶琳娜陪着伯尔森涅夫和舒宾到花园里去。卓娅目送着他们，微微耸了耸肩，就坐到钢琴边来。安娜·瓦西里耶芙娜问道："您怎么不也去散散步呢？"可是，不等回答，就又补充说："给我弹点儿什么吧，要忧郁的……"

"韦伯的《最后的思想》好吗？"[1] 卓娅提议。

"啊，对啦，韦伯[2]。"安娜·瓦西里耶芙娜回答，于是就坠入了一张安乐椅里，而眼泪就开始浮闪在她的睫毛上了。

同时，叶琳娜已把两位朋友引到了一座刺槐树亭子里，亭子中央有一个小小的木桌，四围则安着椅子。舒宾转眼四顾，跳了几跳，于是细声说道："等一等！"就连跑带跳跑回了自己的房里，拿来了一块黏土，开始塑着卓娅的肖像，一面摇着头，一面对自己喃喃着，高声大笑。

"又是他那套老把戏。"望望他的作品以后，叶琳娜说着，转向伯尔森涅夫，和他继续谈午餐的时候已经开始的谈话。

"我那套老把戏，"舒宾重复道，"这简直是个取之不尽的题材呢。特别是今儿，她真叫我忍无可忍啦。"

"那为什么呢？"叶琳娜问。"别人会以为您说的是个什么可恶的、讨厌的老怪物呢。她可是一个漂亮的年轻姑娘呀……"

"当然，"舒宾插嘴说，"她漂亮，很漂亮。我相信无论什么过路人，只要把她瞟上那么一眼，就会不由自主地想道：要是能跟这姑娘一

---

[1] 原文为法文。——原注
[2] 韦伯（1786—1826），德国作曲家。著有歌剧《魔弹射手》《优兰蒂》《奥伯龙》，这
　　些作品确定了德意志民族浪漫派歌剧的方向。

起……跳个波尔卡舞就太好啦！我也相信，她自己也知道这一点，并且还自以为得意呢……那么，干吗还装出那种羞答答的浅笑，还要来那么一套淑女经呢？哪，您自然明白我的意思，"他从牙齿缝里又加了一句，"可是，这会儿，您心里可有别的心事，顾不上啦。"

于是，舒宾把卓娅的胸像捻碎，可是，马上又把黏土死命地揉着，塑着，好像很生气。

"那么，您的志愿就是做个教授吗？"叶琳娜问伯尔森涅夫。

"是的，"他回答说，把通红的手夹在膝间，"这是我多年的梦想。当然，我很清楚，我还差得远，还够不上那么崇高的……我是说，我的造诣还不够。可是，我希望能得到许可，出国去留学。如果必要，我打算留学三四年，以后……"

他止住了，垂下了眼睑，可是很快又抬起眼睛来，露出困惑的微笑，理了理自己的头发。伯尔森涅夫在和女人谈话的时候，说话尤其缓慢，发音也更不清楚了。

"您想做个历史教授吗？"叶琳娜问。

"是的，或者哲学教授，"他补充说，声音低下来，"如果可能的话。"

"他已经是个哲学通啦，"舒宾插嘴说，一面用指甲在黏土上划出深深的线痕，"还要到外国去干什么呀？"

"您会完全满足那种地位吗？"叶琳娜又问，把头依着臂肘，直视着他的面孔。

"完全满足，叶琳娜·尼古拉耶芙娜，完全满足的。还有什么比这更高尚的事业呢？啊！追随着季莫菲·尼古拉耶维奇[1]的足迹……只

---

[1] 指格朗诺夫斯基教授（1813—1855），俄国历史学家和教育家，在 19 世纪 40 年代任莫斯科大学世界史（主要是中世纪史）教授，公开传播进步思想和人道主义，揭露农奴制，与当时进步思想家如别林斯基、赫尔岑等均有交往，亦为屠格涅夫的好友。

要一想到这样的一种事业，我就充满了欢喜和惶惑……是的，惶惑……之所以惶惑，就由于意识到我自己不行。我亲爱的先父就祝愿过我，要我献身给这样的事业……我永远也不能忘记先父的遗言。”

“您父亲是去年冬天去世的吗？”

“是的，叶琳娜·尼古拉耶芙娜，在二月间。”

“听说，”叶琳娜继续说道，“他留下一部很出色的遗稿，是真的吗？”

“真的。先父是个了不起的人。您一定会喜欢他的，叶琳娜·尼古拉耶芙娜。”

“我相信我会的。那部著作的内容是什么呢？”

“要用几句话把那内容告诉您，叶琳娜·尼古拉耶芙娜，确实是不大容易的。先父是一个很有学问的人，一个谢林[1]派。他所用的术语有时是不大明白的……”

“安德烈·彼得罗维奇，”叶琳娜打断了他的话，“请原谅我的无知，所谓谢林派到底是什么意思呢？”

伯尔森涅夫微微笑了。

“谢林派，就是德国哲学家谢林的信徒。谢林的学说就是……”

“安德烈·彼得罗维奇！”舒宾忽然叫了一声，“看在上帝的份上！你可是要给叶琳娜·尼古拉耶芙娜来上一堂关于谢林的讲座呀？饶了她吧！”

“一点儿也不是讲课，”伯尔森涅夫嘟嘟哝哝地说着，涨红了脸，“我是想……”

“讲课又怎样呢？”叶琳娜插嘴道，“您和我，巴威尔·雅可夫列维奇，我们全都大大地需要讲课呢。”

舒宾瞪眼望着她，忽地迸出一声大笑来。

---

[1] 谢林（1775—1854），德国唯心主义哲学家。

"您笑什么?"她冷冷地、几乎是严厉地说。

舒宾呆住了。

"得啦,别生气吧,"他停顿了一下,终于说,"是我的不是。可是,老实说,这是什么瘾头啊,我的天,在这样的时刻、这样的天气里,在这样的树下,怎么还有心谈哲学呢?不如谈谈夜莺,谈谈玫瑰,谈谈美丽的眼睛和青春的笑颜吧。"

"嗯,还有法国小说和女人的打扮。"叶琳娜接了下去。

"那可不,"舒宾回答说,"要是打扮得漂亮,有什么不可以谈?"

"那可不!可是,万一别人不高兴谈女人的打扮呢?您一向自命为自由艺术家,那么,为什么要来妨害别人的自由呢?让我问问您:您的趣味既然是这些,那您为什么还攻击卓娅呢?跟她去谈打扮,谈玫瑰,难道不是特别合适?"

转眼之间,舒宾变得满脸通红,从椅子上跳了起来。

"啊,是这样的吗?"他开始说,声音颤抖着,"我明白您的用意,叶琳娜·尼古拉耶芙娜,您是要把我撵到她那儿去。换一句话说,我在这儿是多余的?"

"我可没想撵您走。"

"您可是说,"舒宾激动地继续说,"我不配跟别人攀交情,我只配跟她比高低,我也跟那个腻人的德国姑娘一样空虚、一样愚蠢、一样浅薄。是不是呀,小姐?"

叶琳娜皱眉了。

"您往常可不是像这样说她的,巴威尔·雅可夫列维奇。"她说。

"啊,您责骂吧,只管责骂!"舒宾叫道,"是的,我不隐瞒,曾有那么一刹那,的的确确,不过是一刹那,她那鲜艳庸俗的脸庞儿……可是,如果我回敬您两句,也给您提醒提醒……回头见,"他突然加了一句,"我怕我会胡说八道起来啦。"

于是,他把已经塑成一个脑袋的黏土狠命打了一拳以后,就跑出花亭，一直回到自己的房里去了。

"真是小孩子。"叶琳娜说着，目送着他。

"一位艺术家呢，"伯尔森涅夫默默含笑地说，"所有的艺术家都是这样的。人们得原谅他们的任性。那是他们的特权。"

"是的，"叶琳娜回答，"可是，无论从哪一方面看，巴威尔还不能说就有权利享受这种特权。直到此刻，他做出了什么成绩来呢？让我挽着您的手，我们沿着这林荫道走下去吧。他把我们的谈话都扰乱了。我们刚才谈的，是您父亲的著作。"

伯尔森涅夫挽住叶琳娜的手臂，傍着她走过花园，可是，那中途夭折的谈话却再也不能复活了。伯尔森涅夫于是又从头开始叙述他对于教授的事业和自己的前途的意见。他傍着叶琳娜缓缓走着，笨拙地移动着自己的身体，笨拙地挽着她的手臂，有时自己的肩甚至碰上了她的肩头，可是，却一次也不曾望她。他的话，如果还不能说完全自由地，至少也可以说是比较流畅地涌动着，谈得简单、明确，而他的眼睛，当它们徐缓地掠过树干、沙路和草叶的时候，也闪烁着从崇高的心情所生出的宁谧的感动。而他的沉静的声音，也显示着一种终于在所爱的人面前倾吐了自己的积愫的喜悦。叶琳娜非常关切地听着他，微微侧身向他，眼睛一直注视着他的面孔，这张面孔此刻已经稍显苍白。她也注视着他的眼睛。这眼睛，现在也变得温柔而且亲切了，虽然它们却闪避着她的视线。她的心灵渐渐敞开了。一种温柔、公正、善良的情感，似乎沉入了她的深心，又好像正从她的心底萌芽。

五

　　直到夜间，舒宾一直不曾离开自己的小房间。天已经很暗了，月亮还没有圆，高高地悬在天空上。银河粲然闪耀，繁星密布。这时，伯尔森涅夫，在告辞了安娜·瓦西里耶芙娜、叶琳娜和卓娅之后，就来到他的友人的门前。他发现门已经锁了，于是，在门上敲了两下。

　　"谁?"舒宾的声音响了。

　　"我!"伯尔森涅夫回答。

　　"你有什么事?"

　　"让我进来吧，巴威尔。别古怪了吧，你难道不害羞?"

　　"我一点儿也不古怪。我睡觉啦，我正梦着卓娅呢。"

　　"别来那一套吧，我求你。你又不是个小孩子。让我进来。我要跟你谈谈。"

　　"你难道还没有跟叶琳娜谈够?"

　　"好啦，好啦。让我进来!"

　　舒宾只回报了他一阵假装的鼾声。伯尔森涅夫耸了耸肩膀，于是转到回家的路上。

夜是温暖的，似乎异样的静寂，好像宇宙万汇都在谛听着，期待着。而伯尔森涅夫，被包围在这无边的静夜里，就不由自主地站住了。他也开始谛听、期待。近处的树梢不时有轻微的飒飒声传来，有如女人的裙裾的窸窣声，在伯尔森涅夫的心里唤起一种似甜而又似难受的感觉，几乎近于恐怖。他的面颊感觉着微微的痉挛，一丝眼泪使他的眼睛感觉着寒凉：他宁愿完全无声地走过，在黑暗中蹑足摸索。一阵冷风忽然从侧面向他袭来——他微微抖了一下，于是，悚然伫立。一只沉睡的甲虫从枝头跌下来了，铿然落在路径上。伯尔森涅夫不禁低低"哦"了一声，于是，又一次站住了。可是，当他一想起叶琳娜，所有这些瞬间的感觉就立刻消逝了，所留下的只是由暗夜的清静和夜行的寂寞所产生的新鲜的印象，而一个少女的面影就浮现在他的整个灵魂里。伯尔森涅夫低头前行，回忆着她的话语、她的询问。忽然，他觉得在他身后传来急促的脚步声。他谛听着：是有谁在他身后奔跑，追赶他。他听见喘息的声音，猛然间，从一株大树的一团黑影中间，舒宾突然出现在他的眼前了，蓬乱的头发上不曾戴帽子，面孔在月光下面显得异常苍白。

"我真高兴你也走这条路，"他喘息着说道，"如果我追不上你，我会整晚都睡不着的。把你的手给我吧。你是回家去吗？"

"是的。"

"那么，我送你。"

"可是，你连帽子也没有戴，怎么行呢？"

"没有关系。我连领带也没有打呢。今晚上很暖和。"两位朋友向前走了几步。

"我今儿真有些傻，是不是？"突然，舒宾问。

"坦白说，是的。我真不了解你。我从没有见过你像那样的。你究竟恼些什么呢，呃？不过是些小事！"

"哼，"舒宾喃喃道，"你以为是小事吧？可是，在我看来，才不是小事呢。你瞧，"他继续说道，"我不能不告诉你，我……任你把我想作个什么吧……我……啊，我爱着叶琳娜！"

"你爱着叶琳娜！"伯尔森涅夫重复说，突然停下脚步。

"是的，"舒宾装出满不在乎的样子，继续说，"那叫你吃惊吗？我还得告诉你：直到今晚，我还希望着，也许，有一天她会爱我。可是，今天，我看清楚了：我没有一点希望。她已经爱了别人。"

"别人？谁？"

"谁？就是你呀！"舒宾喊道，拍了拍伯尔森涅夫的肩膀。

"我？"

"你呀！"舒宾又说了一遍。

伯尔森涅夫倒退一步，呆然木立了。舒宾目光炯炯地注视着他。

"那又叫你吃惊吗？你是个老成的青年。可是她就爱你……请你放心好啦！"

"你尽扯些多么无稽的话呀！"终于，伯尔森涅夫以一种困恼的神情抗议了。

"不，一点儿也不无稽。可是，我们这么呆站着干什么呀？咱们往前走吧。边走边谈，那轻松得多。我认识她时间也不算短了，难道我还不清楚她？我不会错的。你这种人就正合她的心意。曾经有过一个时候，她也喜欢过我来着。可是，第一，在她看来，像我这样的青年到底太轻浮啦，可是你呢，你却是个老成持重的人，无论在心理上，在生理上，都是规规矩矩的角色。你——等着，我还没说完呢，你就是天生的忠厚热忱、真正典型的科学祭司。那种人——啊，不是那种人，是那种性格——就正是俄国中层贵族公正地引以为自豪的呀！其次，有一天，叶琳娜撞见我在吻卓娅的手臂儿！"

"卓娅的？"

"可不是，卓娅的。你可叫我怎么办？她那肩膀儿漂亮不漂亮？"

"肩膀儿？"

"哼，不错。肩膀儿、手臂儿，不全都一样？这种不检点的行为，在饭后给叶琳娜撞见了，恰好就在饭前我还当着她骂过卓娅来。真不幸，叶琳娜竟不懂得这种矛盾该有多么自然。就在这个节骨眼上，你就上场来啦：你有信念……谁知道你信个什么鬼……你会红脸，会难为情，会和人家谈席勒[1]，讲谢林（她老是搜索着鼎鼎大名的人物），这么一来，你就成了胜利者啦，只苦了我这可怜的倒霉鬼，尽管在别人面前装丑角，可是……终归……"

舒宾突然迸出眼泪来，转过身去，坐在地上，抓住自己的头发。

伯尔森涅夫走到他身边。

"巴威尔，"他开始道，"你这该多么孩子气！真的！你今儿是怎么回事？上帝才知道你那脑袋里装进了什么样的糊涂思想，你还哭呢！老实说，我似乎觉得你在装假。"

舒宾抬起头来。在月光下面，他颊上的泪珠的确在闪烁，可是，脸上却浮着一抹微笑。

"安德烈·彼得罗维奇，"他说道，"任你把我想做个什么吧。我甚至可以承认我此刻的确有点儿歇斯底里。可是，上帝见证，我爱着叶琳娜，叶琳娜却爱你。不过，我答应过送你回家，我还是履行我的诺言。"

于是，他站了起来。

"是怎样的夜呀！银灰的、暗黑的、青春的夜！对于有了爱情的人，这是多甜蜜的夜呀！对于他们，不去睡觉，该是多么快乐呀！你要睡觉吗，安德烈·彼得罗维奇？"

伯尔森涅夫一言不答，只把脚提得更快。

"你这么急着往哪儿去呀？"舒宾继续说道，"相信我的话吧：这样的夜，在你的一生是不会再来的。可是，你家里有谢林等着呢。老实说，他今天可给你帮忙不小，可是，你还是不用这么急。你唱歌吧，如

---

[1] 席勒（1759—1805），德国戏剧家、诗人。

果你会唱，就唱得比平日更响些吧！不会唱吗？那么，就把帽子摘下来，抬起头来，望着星星笑吧。它们都望着你呢，就望着你一个人，星星都只会望着有了爱情的人，所以，它们才能那么美丽……你难道不是有了爱情吗，安德烈·彼得罗维奇？……你不回答我……你干吗不回答我呢？"舒宾又说道，"哦，如果你觉得自己幸福，那就别响吧，别作声！我所以这么乱嚷嚷，不过因为我是个倒霉鬼罢了，没有人爱我，我不过是个耍把戏的、卖艺的、丑角儿。可是，要是我知道有人爱了我呀！那么，在这样良夜的清风里，在这样灿烂的星光下，我就会畅饮着怎样不可言说的欢情啊！……喂，伯尔森涅夫，你幸福吗？"

伯尔森涅夫仍然沉默，只在平坦的路上快步走着。从前面树林中间，他居留的小村里，开始有灯光闪射出来。那村里有约莫十来幢小小的消夏别墅。在村头，道路右侧两株华盖似的桦树底下，有一间小小的客店。店窗已经全都关闭。可是，从那开着的门口却有一条宽阔的光带成扇形射了出来，落在被人踏坏的草上。光带射向树间，分明地照映着密叶的灰白的底面。有一个好像是谁家婢女的少女站在店内，背靠着门柱，正在和店主讲着价钱。从她搭在头上、用光光的手指扣在额下的红色头巾底下，可以隐隐地看见她的圆圆的面颊和纤细的颈项。两个青年走进光带里来。舒宾朝店里望了一眼，于是突然站住，叫了一声："安奴什卡！"少女急忙掉转身来，他们于是瞧见一个稍觉宽阔然而十分红润的漂亮脸蛋，配着一对快乐的褐色眼睛和两道浓黑的眉毛。"安奴什卡！"舒宾又叫了一声。那少女瞧见他，不禁露出吃惊和害羞的样子，不等买卖做成，就跑下阶沿，飞似的溜过去，几乎头也不回，从通向左边的路上跑掉了。店主人是个大胖子，正和所有的乡村小店主们一样，对一切世事全都无动于衷，只是望着她的背影哼了两声，打了一个大哈欠。可是舒宾却转向伯尔森涅夫，一边说道："这个……这个……你瞧……这儿我认识一个家庭……就在他们家里……你可别以为……"不等说完，就跑去追那个已经逃走的少女去了。

　　"至少，把你的眼泪先揩干了吧！"伯尔森涅夫在他身后叫着，自己也不禁笑了。可是，当他回到家里，他的脸上却没有愉快的表情。他不再笑了。他一刻也不曾相信过舒宾对他说的话，可是，舒宾说的话却深深地浸入了他的灵魂。"巴威尔是在愚弄我呢，"他想，"可是，总有一天，她会爱个什么人的……她会爱谁呢？"

　　在伯尔森涅夫的房里有一架钢琴。这琴不大，也不新，音调虽不十分纯，然而，却很柔和动听。伯尔森涅夫坐在琴边，试敲了几个和弦。正和所有俄国贵族一样，他从小就学过音乐，也正和几乎所有俄国贵族一样，他弹得很不高明。可是，他却热爱音乐。严格说来，他并不爱音乐这门艺术和它的表现形式（交响乐、奏鸣曲、甚至歌剧，都很使他感到沉闷），他所爱的只是音乐里的诗。他爱那些由音响的组合和流溢在人的心灵里所唤起的模糊而又甜蜜的、无定型而又无所不蔽的情绪。一个多钟头之久，他不曾离开过钢琴。他把同样的和弦再三再四地重复着，笨拙地寻觅新的和弦，然后，停下来，让那些音响在短调第七音上缓缓消逝。他心里觉着苦恼，眼里不止一次充满了眼泪。他并不感觉羞耻。他让眼泪在黑暗里流着。"巴威尔是对的，"他想道，"我已经预感到，这样的夜晚是不会再来的。"终于，他站起来，燃起一根蜡烛，穿上寝衣，从书架上取下劳默尔[1]的《霍亨斯陶芬家的历史》的第二卷——在叹息了两次之后，就开始勤勉地研读起来。

---

[1] 劳默尔（1781—1873），德国自由主义派历史学家。《霍亨斯陶芬家的历史》为其巨著之一。按：霍亨斯陶芬为日耳曼的著名王室。

六

　　同时，叶琳娜则已回到自己的私室，坐在开着的窗前，把头托在手上。每晚，在自己的私室里，凭窗坐上一刻时光，这已经成了她的习惯。在这时候，她就自己对自己默省着，将过去的一日省察一下。只在不久以前她才满了二十岁。她身材修长，面色苍白带暗，弯弯的眉毛下面闪着一对灰色的大眼睛。眼周略有细小的雀斑。前额和鼻子全都端正，嘴唇紧闭，下颏稍显尖削。栗色的发辫低垂在她的纤细的颈上。在她的全身，从那专注而微似惊怯的面部表情，那清澈而变幻莫测的目光，甚至那似乎勉强的微笑和那柔和而又似急促的声音，全可感到一些神经质的、触电般的、匆遽而又激烈的什么。总之，是绝不能使人人都心爱，甚至还会使某些人产生反感的什么。她的手是纤细的，呈蔷薇色，手指很长。她两足纤小，步履迅速，甚至可以说急骤，行动时身体微向前倾。她是很奇怪地成长起来的。在最初，她崇拜她的父亲，其后，则热烈地依恋母亲，而最后，则对于父母都变冷淡了，尤其对于父亲。近年来，她对待母亲好像对待一个病弱的祖母。而她的父亲，在她幼年，当她被称赞为杰出的孩子的时候，他也曾以她为自己的骄傲，及至她成长起来，他却渐渐地害怕她了，甚至称她为一个狂热的共和党人，天知道是学的谁的样！软弱使她反感，愚昧令她愤怒，而欺骗，则是"从永远到永远"她也不能饶恕的。她的严格是超乎一切的，甚至在祈祷时，她也不止一次地夹杂着斥责。一个人一旦失却了她的尊敬——她下判断是十分迅速的，往往过于迅速——那人在她心里就永远不再存在了。所有的印象全都深深地沉入她的心底，人生对于她，是绝不同于儿戏的。

她的家庭女教师，就是受安娜·瓦西里耶芙娜委托来完成她女儿的教育的。那教育，我们可以在括弧里面夹叙一句，甚至不曾被那百无聊赖的贵妇人开始过——是一个俄国人、一个因受贿而被撤职的官员的女儿，公立女塾的毕业生，一个多愁善感而又爱撒谎的女人。她一辈子都在闹恋爱，结果是在她五十岁时（那时叶琳娜已经十七岁了）嫁给了一位什么军官，可是，这位军官即刻就把她丢掉了。这位家庭女教师很爱文学，自己也写写小诗。她给叶琳娜培养了读书的兴趣，可是，仅仅读，是不能满足这位姑娘的。从儿时起，她就渴慕着行动，积极的善行。贫乏的、饥饿的、病弱的人们使她思念，使她不安，使她苦恼。她常常梦见他们，也向她所有相识的人询问关于他们的事。她诚心诚意地布施，神情不由自主地变得庄重，甚至情绪激动起来。所有被虐动物、饥饿的狗、要死的猫、从巢里颠覆出来的麻雀甚至昆虫和爬虫，都能从叶琳娜这儿得到支持和保护。她亲自饲养它们，一点也不感觉嫌憎。母亲从不干预她，可是，父亲对于她那种——用他自己的话说——庸俗的善心，却往往非常生气，并且宣称道，猫猫狗狗的挤满了一屋子，连个转身的地方都没有了。"列诺奇卡[1]，"他对她叫道，"快来，这儿有蜘蛛吃苍蝇啦，快来救救这可怜的小命吧！"而列诺奇卡果真就慌慌忙忙

----

[1] 叶琳娜的爱称。

跑过来，救出了苍蝇，还把那纠结着的蝇腿也给解开了。"喏，现在，让它咬咬你吧，你既然那么慈悲。"父亲就这么讽刺地说。可是，她却全不在意。在十岁的时候，叶琳娜结识了一个小乞女卡嘉，常常偷偷地到花园里去会她，带糖果给她吃，送给她手巾和十戈比的银币——玩具。卡嘉是不要的。她常常和她并坐在茂密的荨麻背后、灌木丛中的干土上，以一种喜悦的、谦虚的感动，啃着她的干面包，听着她的故事。卡嘉有个婶母，是个凶狠的妇人，常常责打她。卡嘉恨她，总说有一天她会从她婶母那里逃走，去完全听凭上帝的意旨生活。叶琳娜以隐秘的崇敬和惊愕，谛听着那些新奇的、不曾听过的话语，睁大眼睛注视着她的同伴。而在那种时候，卡嘉身上所有的一切——她那乌黑的、灵活的、近似野兽的眼睛，她那黝黑的手，她那粗哑的声音，甚至她那破烂的衣裳——对于叶琳娜全都变为神奇的，甚至是神圣的了。叶琳娜回到家里，许久还梦想着乞人的生活和上帝的意旨。她梦想着她将怎样给自己砍来一根榛木的手杖，背上一个行乞者的口囊，和卡嘉一同逃走。她将怎样戴上野菊的花冠，流浪在村野的路上。她有一次看见卡嘉戴过那种花冠。在这种时候，要是她家里有什么人忽然闯进房来，她就会张皇起来，并且显得羞怯。一天，她冒雨去会卡嘉，将衣服溅得满是污泥，父亲瞧见了她，就管她叫邋遢小孩、乡下妞儿。她满脸都涨红了，心里生出了恐怖的、不可思议的感觉。卡嘉爱哼一曲兵士们常唱的粗野小调。叶琳娜也从她那里把它学会了。安娜·瓦西里耶芙娜有一天偶然听见她正在唱那支小调，顿时就十分生气。

"你从哪儿拾来的那种下流东西呀？"她问她的女儿。

叶琳娜只是瞪眼看着母亲，一言不发。她觉得宁可让自己碎尸万段，也不能把自己的秘密宣泄出来。而同时，在她心里，她又不由自主地感觉恐怖和甜蜜了。然而，她和卡嘉的友谊却不曾长久。那可怜的小女孩患了恶性热病，几日之间就死去了。

听到卡嘉的死讯，叶琳娜感到十分悲哀，有许多夜晚，她都不能入睡。那幼小乞女的最后的话语在她的耳边不断回响。她感觉那声音正在向她召唤……

岁月流逝，年复一年。迅速地，无声地，有如雪下的水，叶琳娜的青春暗暗流逝。从外表看来，似乎是平静无事，但在内心里，却经历着不安和苦斗。她没有朋友，所有到斯塔霍夫家来的姑娘们，她一个也合不来。父母的权威从来也没有使叶琳娜感到重压，到十六岁，她就几乎绝对独立了。她开始过着她自己的生活，然而，是多么寂寞的生活啊！她的灵魂在寂寞里燃烧，而火焰又在寂寞里熄灭。她像笼中的鸟儿似的苦斗着，而笼，其实是没有的。没有人压迫她，也没有人拘束她，可是，在内心里，她却感到烦恼和苦闷。有时，她连自己对自己也不能了解了，甚至对自己感觉着害怕。在她周围的一切，她觉得全是无意义的，不可理解的。"没有爱，怎么能活呢？可是，就没有一个人可以爱！"她想着。而一想到这一点，感到这一点，她又不由自主地感觉恐怖。十八岁的时候，她染上了恶性热病，几乎死去。她本来健壮的整个肌体，因此受到了严重的影响，许久许久还不能完全恢复。最后的病象终于消失了，可是，叶琳娜·尼古拉耶芙娜的父亲却还是时常多少带着恶意地说她神经质。有时，她感到：她所要求的也许在整个俄国就不会有一个人要求，不会有一个人梦想到。这时，她就平静下来了，甚至自己笑自己。于是，日子一天又一天地过去，她对于一切就全都漠然，不闻不问。可是，突然间，一种无名的、不可控制的力，却又在她的心底沸腾起来，大声要求着自己的出路。一阵风暴过去了，疲乏的翅膀，在未曾飞升之前，又低垂了。可是，这些情感的风暴却使她的心灵受尽了煎熬。虽然她千方百计隐瞒自己的心情，可是，那受尽折磨的灵魂的苦恼，就是在她那外表的平静里，也不由自主地显露出来。因此，她的双亲不时耸耸肩膀，感觉惊讶，而终于还是不能明白她的"奥妙"，那也就不是偶然的了。

在我们的故事开始的那一天，叶琳娜直到比往日更晚还不曾离开窗前。她的思想萦绕着伯尔森涅夫，回忆着她和他所谈的话。她喜欢他。她相信他的感情的温暖和志向的纯洁。在这以前，他从来没有像在那天傍晚那样和她谈过话。她回忆着他那胆怯的眼神和他的微笑——而她自己也微笑了。于是，沉入了深思。可是，这深思却不再是关于他的了。她凭着开着的窗，注视着窗外的黑夜。许久许久，她凝望着那暗黑的、低沉的天空。于是，她站起来，摇摇头，把头发从脸旁甩到脑后，而同时，自己也不知道为什么，把自己的裸露的、冰冷的手臂伸出去，伸向天空。接着，她把手臂垂下来，跪在床边，把脸偎在枕上。尽管在汹涌着的激情之前她极力想要抑制自己，但是，奇异的、不可思议的、燃烧似的热泪，却不由自主地从她的眼里流出来。

七

次日午间十二时，伯尔森涅夫坐着回程马车到莫斯科去。他要到邮局取点钱，买点书，并且，还想趁这机会和英沙罗夫见见面，和他谈谈。在前次和舒宾谈话的时候，伯尔森涅夫就想起要把英沙罗夫接到自己的别墅里来，在一处住。可是，费了许多周折，他才找到了他。英沙罗夫已经从旧寓迁到另外的地方去了，而这地方却很不容易找。它原来是在阿尔巴特街和波瓦尔斯卡雅街之间一所彼得堡式的颇难看的石屋的后院里。伯尔森涅夫从这个污秽的门前跑到那个肮脏的过道，询问了看门人，又来请教陌生的过路人，可是完全没人理会。就是在彼得堡，看门人对于来客的问讯，也照例是装作没有听见的。而在莫斯科，情形则尤甚，谁也不来回答伯尔森涅夫的呼唤。只有一个好事的裁缝，穿着坎肩，肩上搭着一缕灰线，从高悬的窗洞里不动声色地探出毫无表情的、没有刮过的脸和一对睁得大大的黑眼睛来。此外，也还有一只正在攀着垃圾堆的无角的黑山羊，这时也回过头来，哀哀地咩了两声之后，就更起劲地继续反刍去了。一个穿着破旧外衣和后跟已经磨平的皮靴的女人终于对伯尔森涅夫发了慈悲，给他指点了英沙罗夫的寓所。伯尔森涅夫发现他正在家里，寓所的房东原来就是刚才从窗洞里那样漠不关心地俯视向自己问路的不速之客的那位裁缝。房间倒很宽大，几乎空无所有，四壁暗绿，有方窗三扇，房间的一隅放着一张小床，另一隅摆着一只小小的皮沙发，天花板上高悬着一只大鸟笼，笼里曾经养过一只夜莺。英沙罗夫在伯尔森涅夫一跨过门槛的时候就迎上前来，但他并不叫道："啊，是您呀！"或者，"啊，我的上帝，是什么风把您吹来的呀！"他甚至也不说"您好"，只是紧紧地握住朋友的手，把他引到房间里唯一的一把椅子上去。

"请坐！"他说，自己则坐在桌子的边沿上。

"您瞧，我这儿还是乱七八糟呢，"英沙罗夫继续说，指点着地板上堆积的文件和书籍，"什么也没有整理好。简直腾不出时间。"

英沙罗夫的俄语说得完全正确，每一个字都说得一丝不苟，清楚明白，可是，那略带喉音然而也十分悦耳的发音，却始终可以听出不是纯粹俄国风味。英沙罗夫的异国特征（他是保加利亚人）从容貌上还可以看得更明显一些。他是一个约莫二十五岁的青年，身体瘦长而强韧，平胸，手指骨节粗大，面部瘦削，鼻梁微弯，头发浅黑挺直，前额低，眼睛凹而小，目光锐利，眉毛粗浓。当他微笑的时候，一列粲然的白牙齿就从那薄而硬，且线条过于分明的嘴唇下面倏然闪现。他穿着一件虽旧然而整洁的上衣，纽扣一直扣到颈边。

"您怎么从您先前的寓所搬出来了呢?"伯尔森涅夫问他。

"这儿房租贱些，离大学也近些。"

"可是，现在是假期啊……您怎么想着在暑天还住城里！一定要搬，您也该搬到别墅去才是。"

英沙罗夫对这种说法没有回答，只把烟斗递给伯尔森涅夫，一边说道："原谅我，我没有烟卷，也没有雪茄。"

伯尔森涅夫点燃了烟斗。

"可是我，"他继续说道，"我在昆采沃附近租了一幢小屋。很贱，也很舒适。真的，在楼上，还多余一间房呢。"

英沙罗夫依然不做回答。

伯尔森涅夫把烟斗抽了一口。

"我甚至想着，"他又开始说，吐出一缕轻烟来，"如果，比方说，能有个什么人……比方说，就是您……我就是这么想的……要是愿意的话……答应住到我那楼上去……那该多好！您觉得怎样，德米特里·尼卡诺雷奇？"

英沙罗夫抬起小眼睛望了望伯尔森涅夫。

"您是提议要我住到您的别墅里去吗？"

"是的，我那儿楼上还多余一个房间。"

"非常谢谢您，安德烈·彼得罗维奇。可是，我怕我的经济情况不会容许我。"

"您是说不容许什么？"

"不会容许我住别墅。维持两处房租，在我是不可能的。"

"可是，我当然……"伯尔森涅夫已然开始说，却又中途停下，"您也不会有任何额外的花费。"他继续说，"您现时的寓所，我看一样可以留下。再说，那边什么东西都很贱。我们甚至还可以筹划一下，比方说，一道搭伙食。"

英沙罗夫仍然沉默着。伯尔森涅夫可感到有点儿窘了。

"至少，您什么时候到我那儿去走走吧。"停顿了一会儿以后，他又开始说，"我旁边，相隔不两步远，住着一个家族，我很想把他们介绍给您。真的，英沙罗夫，您真不知道那家里有一位怎样了不起的姑娘！那儿也住着我的一个很要好的朋友，一个很有才华的青年。我相信您也会和他十分相投的。（俄国人就爱做东道主——如果没有什么别的可以飨客，就连自己的朋友也会献出来。）真的，一定来吧。可是，最好还是您能搬到我那儿去住，真的。我们可以一道工作、念书……您知道，我近来正研究历史和哲学。这些，您也一样感兴趣，并且，我也有很多的书。"

英沙罗夫站起来，在房间里踱着步。

"请问，"他终于说，"您那别墅付多少租金？"

"一百银卢布。"

"有多少房间？"

"五间。"

"那么，算下来，每间应该是二十个卢布？"

"是的，算下来固然是……可是，我真的用不着呀。空着也是空着。"

"也许是。可是，您听我说，"英沙罗夫补充说，断然地，同时也是率直地摇了摇头，"要是您答应我照样摊房钱，我才能接受您的好意。二十卢布我还可以对付，况且，照您所说的，在那边，在别的事上我还可以节省。"

"是的。可是，那真叫我心里不安……"

"不然，就不成，安德烈·彼得罗维奇。"

"唔，随您的意思吧。可是，您真的是多么固执啊！"

英沙罗夫再一次地沉默了。

两个青年人于是议定了英沙罗夫搬家的日子。他们招呼房东来，可是，最初他派了自己的女儿来，那是一个年约七岁的小女孩，头上包着过大的花布头巾。她注意地、几乎吃惊地听着英沙罗夫对她所说的一切，于是，默默地走掉了。其后，是她的母亲，一个将近临盆的妇人，跑来了，头上也包着头巾，不过，她的一条却未免太小。英沙罗夫告诉她，说他要住到昆采沃附近的别墅里去，但是，这儿的房间还保留，什物也请他们照料。可是，裁缝的女人却也像吃了一惊，同样默默地退出了。最后，是房东亲自出马了。他似乎从起始就明白了一切原委，不过阴沉沉地问道："昆采沃附近吗？"可是，忽然之间，却打开房门，大声叫道:"那么,房间还要不要呢?"英沙罗夫让他安了心。"可不是,总得问问呀?"裁缝严肃地说了几次,就溜掉了。

伯尔森涅夫告辞回来,对于自己的提议获得成功,感到十分满意。英沙罗夫把他送到门口,那种亲切的礼貌,在俄国人中间是不大常见的。而在只留下自己一人之后,他就谨慎地脱下上衣,着手整理起自己的文件来了。

八

　　当天傍晚，安娜·瓦西里耶芙娜坐在自己的客厅里，差不多要哭出来了。客厅里，还有她的丈夫和一个叫乌发尔·伊凡诺维奇·斯塔霍夫的，这人是尼古拉·阿尔吉米耶维奇的一位远房叔父，退役的骑兵少尉，年约六十，胖得几乎不能行动，肿胀的黄脸上长着一对浑黄沉睡的小眼睛和两片肥厚的没有血色的嘴唇。自从退役以来，他就一直住在莫斯科，靠着商人家庭出身的妻子遗留下来的一笔小小的款子，吃利息过活。他什么事也不做，脑子会不会想大概也很成问题。就是想吧，想些什么就只有他自己知道。他一辈子只有一次变得大为兴奋，表现了从来未有的活跃。那就是有一天他从报纸上看见伦敦国际博览会上有一种新乐器，叫作什么"低音大号"，于是就非给自己定购一具这种乐器不可，居然还打听过是何处经理，货款该寄到什么地方。乌发尔·伊凡诺维奇穿着宽大的鼻烟色上衣，系着白色领结，常常吃而且吃得很多，每当他大为困窘的时际，那就是说，当他义不容辞要来发表什么意见之际，他就得把右手的手指在空中抽筋似的扭动起来，先从拇指扭到小指上来，

42

然后又从小指扭回拇指上去，而同时就艰难地发言道："唔，照讲呢……理当这么的，那么的……"

乌发尔·伊凡诺维奇坐在凭窗的安乐椅上，沉重地喘着气，尼古拉·阿尔吉米耶维奇两手插在口袋里，在房间里大踏步来回走着。他的脸色表现出大大的不满。

终于，他站住了，摇了摇头。

"是的，"他开始道，"在我们那时候，青年人的教养可大不相同啦。青年人就不许对自己的长辈那么放肆。（他从鼻孔里把"放"字哼了出来，颇有法国人的风味。）可是，这如今呢？我就只能愣着眼瞧着这种大改变！也许，我全错啦，他们全对。也许是吧。可是，对于事情我究竟有我自己的看法呀！我又不是天生的糊涂虫。您觉得怎么样，乌发尔·伊凡诺维奇？"

乌发尔·伊凡诺维奇可是只能瞪着眼望着他，大扭其手指。

"比方说，就说叶琳娜·尼古拉耶芙娜小姐吧，"尼古拉·阿尔吉米耶维奇继续说，"对于叶琳娜·尼古拉耶芙娜，我就莫测高深。当然啰，我哪一点够得上她的水平呀？她的心眼儿该多么博大，万象万汇，无不包容，以至于最不足道的蟑螂和田蛙。总之，一切一切，可是就没有她自己的父亲。自然啰，那全都好极啦。我知道，我也不用多嘴。什么神经呀，学问呀，海阔天空任翱翔呀，这我都是外行。可是，舒宾先生……就算他是个艺术家吧，天才的、非凡的艺术家——这一点，我不反对。可是，对于自己的长辈，对于一个对他多少总算有些恩德的人，却竟敢那么放肆。这，我老老实实地说，以我的良知来说[1]可不能轻易放过。我这个人，天生并不挑剔，可是，凡事都得有个限度呀。"

安娜·瓦西里耶芙娜激动地按了按铃。一个小厮走进来。

"巴威尔·雅可夫列维奇怎么不来呀？"她说道，"怎么着，我请他

---

[1] 原文为法文。——原注

都请不动啦?"

尼古拉·阿尔吉米耶维奇耸了耸肩膀。

"请问,您找他来干什么?我从来没有要求过,连想也没有想过要找他来。"

"您还问干什么吗,尼古拉·阿尔吉米耶维奇?他打搅了您,多半是妨碍了您治病。我得找他来说个明白。我倒要知道知道他怎么竟敢让您生气。"

"我再一次告诉您,我从来也没有要求过。再说,您是怎么回事呀?当着下人们的面……[1]"

安娜·瓦西里耶芙娜微微地涨红了脸。

"您可用不着说那些话,尼古拉·阿尔吉米耶维奇。我可从来没有当着下人们的面……[2]去吧,费久什卡,去给我把巴威尔·雅可夫列维奇马上找来。"

小厮就出去了。

"那是完全多余的。"尼古拉·阿尔吉米耶维奇从牙齿缝儿里喃喃着,又开始来回踱起步来,"我说那一番话,难道是想找他来把他怎么样吗?"

"我的天!保尔本该给您道歉呀!"

"我的天,我要他道歉做什么?道歉又怎么样?废话罢了!"

"做什么?您得教训教训他呀。"

"要教训,您自己教训吧。他倒是会听您的教训的。说到我,我对他可也并没有什么抱怨。"

"不,尼古拉·阿尔吉米耶维奇,自从您今儿到家,您的神气就有些不对。照我看,您近来更瘦了。我怕您的治疗对您全没用处。"

---

[1] 原文为法文。——原注
[2] 原文为法文。——原注

"我的治疗一刻也不能少，"尼古拉·阿尔吉米耶维奇回答，"我的肝又不好啦。"

正在此刻，舒宾走了进来。他脸色疲倦，唇上浮着一抹近似讥嘲的微笑。

"是您找我来着，安娜·瓦西里耶芙娜?"他说。

"是呀，可不是我找你来。保尔，真的，这真可怕。我很不满意你。你怎么敢对尼古拉·阿尔吉米耶维奇放肆来着?"

"是尼古拉·阿尔吉米耶维奇对您抱怨我来着吗?"舒宾问着，瞟了斯塔霍夫一眼，唇间仍然留着那一抹讥嘲的微笑。

斯塔霍夫却转过头去，把眼睛低下了。

"是的，可不是他抱怨你。我不知道你怎样得罪了他，可是，你得马上给他道歉，因为他的健康这会儿又受到很大的损害啦。再说，在我们年轻的时候，无论怎样，我们总得尊敬我们的恩人。"

"哎，什么逻辑呀?"舒宾想着，转向斯塔霍夫。

"我这就给您道歉，尼古拉·阿尔吉米耶维奇，"他说着，恭恭敬敬地躬了躬腰，"要是我真是怎样冒犯了您。"

"我一点儿也不……我可全没有那种意思，"尼古拉·阿尔吉米耶维奇说，仍和起先一样闪避着舒宾的眼睛，"可是，我很愿意饶恕您，因为，您知道，我可不是个爱挑剔的人。"

"啊，那是绝无任何疑问的!"舒宾说，"可是，请原谅我的好奇心，让我问问：安娜·瓦西里耶芙娜果真知道我是怎样冒犯了他老人家的吗?"

"不，我什么都不知道。"安娜·瓦西里耶芙娜回答说，把脖子伸长了。

"啊，我的天哪，"尼古拉·阿尔吉米耶维奇急忙叫道，"我该请求过、哀告过多少次，我该说过多少回，我多么讨厌这种种解释和肉麻场面! 一个人出外一辈子，这才跑回家来，无非想休息休息，像人家所说的，一家人，家庭成员[1]，团聚团聚，像个有家有室的人的样子——可是，偏偏总有这些个肉麻的、叫人不痛快的把戏，就不让你安静一分钟。这简直是把人往俱乐部里，或者……或者别的地方赶不是？人是活的呀，他有他的生理，有生理就有生理的要求，可是这儿……"

不等说完，尼古拉·阿尔吉米耶维奇就冲出去，砰然一声把门带上。安娜·瓦西里耶芙娜目送着他。

"俱乐部呢！"她心酸地咕噜着，"您才不是真上俱乐部，浪子！俱乐部里才没有人要你送马呢！把我的马，我自己马房里的马偷出去给人——还是灰色马呢！我多么心爱的毛色。是的，是的，轻浮汉，"她补充说，提高了嗓音，"您才不是上俱乐部去呢。你呀，保尔，"她继续说着，站起来，"你难道自己不害臊？看样子，你不是小孩子啦。瞧瞧，我的头又痛起来了。卓娅在哪儿呀，你可知道？"

"在楼上吧，在她自己的房里。在风暴将临的时候，怪狡猾的小狐狸难道还不晓得躲到自己的洞里去？"

"好啦，得了吧，得了吧！"安娜·瓦西里耶芙娜四处搜寻起来，"我那个盛山葵粉的小杯子你见过吗？保尔，做做好事，往后别惹我生气，好不好？"

"我哪儿敢惹您生气呢，姑姑？让我吻吻您的小手吧。您的山葵粉我瞧见是在您自己房里小台子上的。"

"达丽雅老是把它随手乱扔。"安娜·瓦西里耶芙娜说着，走出去，丝质的衣裙发出一阵阵窸窸窣窣的响声。

舒宾正要跟着她出去，可是，忽然听见乌发尔·伊凡诺维奇慢吞吞的声音，就站住了。

"便宜了你小狗崽子……你活该挨揍！"退役的骑兵少尉断断续续地嘟哝着。

---

[1] 原文为法文。

舒宾走上前去。

"那么，请问，我为什么该挨揍呢，最可敬的乌发尔·伊凡诺维奇？"

"为什么？年纪轻轻，应该恭敬。是的，真的。"

"恭敬谁呀？"

"谁？你自然知道谁。你还耍贫嘴。"

舒宾把两手交叉在胸前。

"啊，您是集体因素的代表，"他叫道，"您是拥有强大威力的人，您是社会的基础！"

乌发尔·伊凡诺维奇的手指扭动起来了。

"得啦，小崽子。别撩我发火。"

"瞧吧，"舒宾仍然继续说道，"这位看来已经不甚年轻的贵族，心里倒藏着多么幸福、多么孩子气的信心呢！恭敬！您可知道，您这原始的动物，您可知道尼古拉·阿尔吉米耶维奇干吗跟我生气来着？喏，今儿整个一早晨，我跟他都在他那德国婆娘家里。喏，我们三个还一道唱歌呢，唱《请莫离开我》，您没听见吗？要是听见，您准会感动的。我们唱着，唱着，我亲爱的老爷——咳，我可厌烦起来啦。我看样子有点儿不大对劲。太肉麻呢。对不起，我就开始挖苦他们两位啦。我居然很成功。首先，是她生我的气了；跟着，又生他的气了；再往后，是他生她的气啦，还告诉她说，除了在家里，他在哪儿都不幸福。他说，他的家就是一座乐园。她就骂他缺德。我可用德国话给她哼了一声'啊哈'，结果，他跑掉了，我可依然留下来。他跑到这儿来啦，那就是说，跑到他的乐园里来啦，可是，乐园却又叫他反了胃。所以，他就抱怨起来啦。喏，现在，您看看，老爷，是错在哪一个呀？"

"当然，在你。"乌发尔·伊凡诺维奇回答。

舒宾把眼睛一愣，瞪着他。

"我可不可以斗胆地问问您，最可敬的骑士大爷，"他用一种故示逢迎的腔调说道,"您这么抬举小的,给小的说出了这么奥妙的话来,这到底是作为您那思维天赋的活动的结果呢,或者只是您一时心血来潮,硬要让空气振动振动,发出一点儿所谓声音什么的来呢?"

"你别撩我发火,我告诉你!"乌发尔·伊凡诺维奇呻吟着。

舒宾却大笑一声,跑出去了。

"咳,"一刻钟之后,乌发尔·伊凡诺维奇这才大叫起来,"来人哪……来一杯烧酒。"

一个小厮用托盘端了一杯烧酒和一些小吃来。乌发尔·伊凡诺维奇慢吞吞地把酒杯从盘里擎起,出神地把杯子端详了很久,好像不大明白手里拿的究竟是什么东西。于是,他望望小厮,问了问他的名字是不是叫瓦斯卡。于是,他才做出一种受难的表情,喝了烧酒,吃了鲱鱼,又慢吞吞地掏着口袋,搜索手绢。直到小厮早已把酒杯连着托盘端走,把剩下的鲱鱼吃掉,甚至已经蜷在老爷的大衣里酣然入睡了,乌发尔·伊凡诺维奇的分开的手指可还拈着手绢,举在面前,他那出神的目光也还一时瞪着窗外,一时又瞪着地板和墙壁。

九

　　舒宾回到自己房里，刚刚翻开一本书，尼古拉·阿尔吉米耶维奇的小厮却鬼鬼祟祟地溜进他房里来，递给他一通折成三角形的短简，上面还盖有颇为堂皇的图记。"我希望您，"短简上面写道，"作为一个有身份的人，对于今早所谈的那张支票，连一字也不要提起。足下深知道我的处境和我的规矩，且款数甚微，殊不足道，此外，也有他种原因。总之，若干家庭秘密是必须加以尊重的，而家庭内部的和睦尤为神圣不可侵犯，只有那种<u>没有良心的人</u>[1]才能安心将其排斥，但我实无理由把足下也算在此类人之列。（阅后原简掷还。）——尼·斯·。"

　　舒宾拿起铅笔，在信后写了几个字："请勿张皇失措——我还不会喊喊喳喳，一至于此！"于是把短简给回了仆人，再把书本拿起。可是，不久之后，书本却从他的手里溜下来了。他凝望着赤红的晚霞和两株离群耸立的青松，于是悠然想道："在白天，松树是青苍的，可是，在晚

----

[1] 原文为法文。——原注

间，它们却是何等巍然翠绿！"想着，就来到了花园，暗自希冀着也许可以在这里碰见叶琳娜。他果然没有失望。在他前面，灌木丛中的径路上面，她的衣衫正飘动着。他尾追着她，而当和她并齐的时候，他就说道：

"别望我这边，我可够不上您的青睐。"

她瞟了他一眼，倏然一笑，继续走向花园深处。舒宾跟随着她。

"我请您别望我，"他开始说道，"可是我又跟您讲话。天大的矛盾！可是，有什么关系？我自己打自己的嘴巴，这也不是第一回。我刚刚想起来，我还没好好儿地跟您道歉呢，为了昨儿我的愚蠢的行为。您生我的气了吗，叶琳娜·尼古拉耶芙娜？"

她突然立定，可并没有马上回答他——不是因为她真的生了气，只是因为她的思想是在遥远的地方。

"不，"她终于说道，"我一点儿也不生气。"

舒宾咬了咬自己的嘴唇。

"多么入神……又是多么冷淡的脸儿呀！"他喃喃地说，"叶琳娜·尼古拉耶芙娜，"他继续说着，提高了声音，"让我告诉您一段小小的故事吧。我有个朋友，我那朋友自己也有个朋友。我那朋友的朋友本来倒是个规矩人，可是，后来却闹起酒来啦。那么，有一天大清早，我的朋友在街上恰好碰上了他的朋友（请注意，那时候他们俩早就绝交啦），碰头啦，却发现他的朋友喝醉啦。我那朋友呢，于是乎转身就走。可是他那朋友却偏偏赶上前去，说道：'您要是干脆不理我，我反而不恼。可是，您干吗转身就跑呢？也许，我是活该这样倒霉吧？愿我的白骨安宁！'"

舒宾忽然住了口。

"就是这吗？"叶琳娜问。

"就是这。"

"我可不明白您的意思。您暗示的什么呢？您可不是刚刚还要我别望您?"

"是的，可是现在，我是跟您说，转身就跑该叫人多难受啊。"

"难道我是……"叶琳娜开始说。

"难道您不是?"

叶琳娜的脸微微红了，于是，把手伸给了舒宾。他把它紧紧地握着。

"您好像认定了我有什么恶意似的，"叶琳娜说，"其实您的猜疑是不公平的。我甚至想也没有想到要回避您。"

"就算是那样吧，就算是那样吧。可是，您总得承认，在这一瞬间，您实在有千万种思想藏在心里，可是，一种也不想对我说。怎么样? 我可是说得正对?"

"也许对吧。"

"可是，为什么不能跟我谈谈呢? 为什么呢?"

"我想的什么，我自己都不清楚。"

"那么，就更应该和别人谈谈，"舒宾插嘴说，"可是，还是让我告诉您真的为了什么吧。您就瞧我不起。"

"我?"

"是的，您。您想象着，我浑身上下，没有一处不带半分儿戏，因为我是个艺术家;您想象着，我不能什么事都不能做——这一点，也许您想得正对吧——甚至连一点儿真的、深的感情都没有;您甚至想着连我的眼泪也不会是真心的，我不过是个话匣子、造谣专家而已——所有这些，都不过因为我是个艺术家。啊，这么说起来，我们这班艺术家们，该是多么不幸的、天杀的倒霉鬼啊! 譬如说，您，我敢打赌，您就甚至不相信我的忏悔。"

"不，巴威尔·雅可夫列维奇，我相信您的忏悔，我也相信您的眼泪。可是，照我看，甚至您的忏悔，也只是您自己跟自己闹着玩儿的，还有您的眼泪，也是。"

舒宾战栗了。

"唔，我看这就是像医生们所说的：不治之症。casus incurabilis. 我只能低头，屈服。可是同时，啊，上帝呀，难道说，有这样一个高贵的灵魂住在我的身边，我当真还能永远只是自己跟自己闹着玩儿吗？这难道会是真的吗？我也知道谁也不会看得透那个高贵的灵魂，谁也不会了解它为什么忧，为什么喜，它是怎样在骚动，它有些什么愿望，它是往哪儿去……告诉我。"他沉默了片刻之后，又问道，"您是永远不会、无论在什么情况下也不会爱上一个艺术家的吗？"

叶琳娜直直地望着他的眼睛。

"我想我不会的，巴威尔·雅可夫列维奇。不会。"

"这就是我要证明的。"舒宾说着，带着一种滑稽的沮丧，"那么，我看我还是不要妨害了您的孤寂的漫步吧。要是一位大学教授，他就会问您：'根据什么论点，您说不会？'可是，我不是教授，依您的意见，我不过是个小孩子。可是，记着，就是对小孩子，也不能转身就跑啊。再见！愿我的白骨安宁！"

叶琳娜本想留住他，可是，想了一想，也说道：

"再见。"

舒宾走出了前院。在离开斯塔霍夫家的别墅不远的地方，他碰到了伯尔森涅夫。他正匆匆地走着，低着头，帽子推在脑后。

"安德烈·彼得罗维奇！"舒宾喊道。

他停了下来。

"走吧，走吧！"舒宾继续喊道，"我不过是叫叫，并不想留下你——你最好一直往花园里溜吧——叶琳娜正在那儿。我看，她正等着你……总之，是在等一个人吧……你可知道这句话的力量吗。她正在等着你！好兄弟，你可知道这种惊人的奇事？你想想，我跟她在一幢房子里同住了两年了，一直在爱着她，可是，只在刚才，只在一分钟以前，我这才不是了解了她，而是真的看清了她啦。我看清了她，那么，我就只有愕然撒手了。别那么望着我，我求你，别跟我装出那种瞧不起人的假笑，那跟你的老成持重的风姿是不相称的。啊，我明白啦，也许，你是想向我提起安奴什卡吗？这又算什么？我并不否认。像我这样的可怜虫，当然只好去配安奴什卡们呀。安奴什卡们万岁！卓娅们万岁！甚至于奥古斯汀娜·赫利斯奇安诺芙娜们，也万岁！你这是到叶琳娜那儿去吧，我可要到……你以为是到安奴什卡那儿去？不呢，我的老兄，比那还糟：我到契库拉索夫公爵那儿去。他是喀山鞑靼人里的米岑纳特[1]，伏尔金一流的人物。你可看见这请帖，这些字母：R. S. V. P.[2]？就是在乡下，我也难得过个安静日子！再见！[3]"

伯尔森涅夫默默地听着舒宾唠叨，一言不发，好像有点儿替他害羞的样子，随后，他进了斯塔霍夫家别墅的前院。而舒宾，则果真到契库拉索夫公爵那儿去了，而且对着公爵以最有礼貌的态度说了些极无礼貌的话。那位喀山鞑靼人里的米岑纳特哈哈大笑了，米岑纳特的客人们也都笑了，然而却没有一个人感觉愉快，而一当散场之后，各人就去大发各人的脾气去了。同样，我们可以看见：在涅瓦大街，如果有两位似曾相识的老爷碰了面，陡然之间，两人就都露露牙齿，挤挤眼睛，皱皱鼻头，鼓鼓腮帮子，做出要笑的样子，可是，一经互相走过之后，各人马上又恢复了原先的冷漠的或者阴郁的，多半则是像痔疮发作了似的表情。

---

[1]米岑纳特（前74？—前4），古罗马政治家、作家，曾保护一个诗人团体，利用该团体有利于帝国的诗作，并给以物质援助。后米岑纳特的名字成了科学与艺术卫护者的代名词。

[2]法语 Répondez s'il vous plait 的缩写，意思是"盼复"。——原注

[3]原文为意大利文。——原注

十

叶琳娜亲切地接待了伯尔森涅夫，可是不在花园里，却在客厅里，而立刻，几乎迫不及待地，就再一次展开了前天的谈话。客厅里只有她一人。尼古拉·阿尔吉米耶维奇早已偷偷溜掉了。安娜·瓦西里耶芙娜正躺在楼上，头上缠着一块湿头巾。卓娅坐在她身旁，裙裾叠得非常齐整，小手按在膝上。乌发尔·伊凡诺维奇也安息在顶楼上的一张宽大而舒适的、绰号叫"催眠榻"的躺椅上。伯尔森涅夫又谈起他的父亲：那记忆，在他，是十分神圣的。那么，关于这位父亲，我们也无妨介绍一下吧。

作为八十二个魂灵[1]的所有者（这些魂灵，他在死前都解放了），"明灯运动者"[2]，哥丁根[3]的老留学生，遗稿《精神在世界之显现或

---

[1] 魂灵，男性农奴。
[2] 一种宗教性秘密结社。
[3] 哥丁根，德国著名学府，18世纪末曾为德国"狂飙运动"的中心。

现形》的著作者（说起这部著作来，它是谢林主义、斯维登堡[1]主义和共和主义的极奇怪的综合）——这位父亲，在妻子刚刚死去、伯尔森涅夫还只是小孩的时候，就把儿子带到莫斯科，并且亲自从事于他的教育。他亲自给儿子准备每一节课，虽然苦心孤诣，然而，却全无成功。他是一位梦想家、学究、神秘主义者，声音沉闷而且讷于言辞，用的多是一派模糊不清的、不着边际的术语，爱用隐喻，对于自己热爱的儿子甚至也会羞怯起来。因此，儿子在上完功课之后只能干瞪着眼，毫无进展，那也并非奇怪的事了。老人（那时他已经五十岁，他结婚本来很迟）终于恍惚觉得事情有些不妙，于是，就把他的安德鲁沙[2]送进了一所寄宿学校。安德鲁沙虽然进了学校，可是，并不曾脱离父亲的监督。他父亲不断来看他，并用许多训诲和谈话把校长麻烦得要死。连教师们也被这位不速之客麻烦不堪：他不断给他们带来许多在他们看来好像天书的教育名著。甚至学生们，一见到这位老者的微黑的麻脸和他那终年如一地裹在窄小的灰色燕尾服里的瘦削身材，也全都感觉狼狈。孩子们真想不到，在这道貌岸然、从无笑颜、鹤步、长鼻的长者心里，其实对于他们每一个，几乎正和对于自己的儿子一样，也是怀着满心关切和无限疼爱的呢。有一次，他曾想对他们讲一讲关于华盛顿的事情："年轻的学生们，"他开始道。可是，一听见他发出那古怪声音，年轻的学生们就马上跑掉了。这位忠厚的哥丁根留学生，可并不是躺在蔷薇花丛上的：历史的行进，各种问题和思想，不断将他压倒。当年轻的伯尔森涅夫入了大学以后，他也时常和儿子一同前来听讲，可是，他的健康

---

[1] 斯维登堡（1688—1772），瑞典科学家和神学家，他起初研究自然科学，后来陷入神秘主义而成为神智学者。
[2] 安德烈的爱称。

已经开始崩溃。一八四八年的事件[1]使他根本震动（他不得不把他的著作重新写过），而一八五三年冬，他就死去了，虽然不曾亲见自己的儿子在大学卒业，但是，却能预先祝贺他的学位，并且勖勉他终生致力于科学。"我把火炬传给你，"在临死之前两小时他对他这么说道，"我已经尽力把它握持过了，而你，愿你也不要让它熄灭，坚持到底。"

伯尔森涅夫对叶琳娜谈了许久，关于他的父亲。他在她面前所感到的不安已经完全消失了，并且，也不再那么厉害地口吃。谈话又转到了大学生活。

"请告诉我，"叶琳娜问他，"在您的同学中间，可有什么出色的人吗？"

伯尔森涅夫记起舒宾的话来。

"不，叶琳娜·尼古拉耶芙娜，老实跟您说，在我们中间，出色的人一个也没有。真的，哪里会有呢？据说，莫斯科大学也曾经有过自己的黄金时代！[2]可是，现在却不行啦。现在，它已经不像个大学，倒像个小学呢。跟我的同学们在一起，我其实是很苦闷的。"他补充说，声音低下来。

"苦闷？……"叶琳娜低声说。

"可是，"伯尔森涅夫又说道，"我也得除开一个例外。我认识一个同学——虽然他不和我同科——他倒的确是个非凡的人。"

"他叫什么名字？"叶琳娜问着，感到有兴趣。

"英沙罗夫，德米特里·尼卡诺雷奇。他是保加利亚人。"

---

[1] 1848年，在欧洲史上是一个革命的年代。《共产党宣言》于是年出版。在法国，二月革命后，发生了6月的巴黎工人起义。全欧各地，革命运动风起云涌。俄国沙皇尼古拉一世忠实地履行了"欧洲宪兵"的任务，除协助镇压西欧的革命运动以外，并在俄国实行极反动的统治，唯恐受到革命浪潮的波及。

[2] 19世纪30年代，莫斯科大学为当时先进的社会、政治、哲学、文学思想的中心，莱蒙托夫、别林斯基、赫尔岑、斯坦克维奇等当时均在校，成立了自己的"小组"。

"不是俄国人?"

"不,不是俄国人。"

"那么,他为什么住在莫斯科?"

"他到这儿来念书的。您可知道,他念书的目的是什么? 他只有一个思想:解放自己的祖国。他的身世也是奇特非凡的。他父亲是一个相当富裕的商人,原籍是特尔诺沃。特尔诺沃现下不过是一个小城,可是,在往时,当保加利亚还是一个独立国的时候,它可曾做过保加利亚的首都。[1]他在索菲亚经商,和俄国也有亲戚关系;他的妹妹,就是英沙罗夫的姑母,就嫁给基辅中学校里的历史科主任教员,现在还住在那边。在一八三五年,那就是说,十八年前,一件可怕的犯罪发生了:英沙罗夫的母亲突然不见了,失踪了;一星期以后,发现她被人杀掉了。"

叶琳娜颤抖了一下。伯尔森涅夫停住了。

"说下去吧,请说下去吧,"她说。

"据谣传,她是给一个土耳其的高级军官糟蹋了,杀掉了。她的丈夫,就是英沙罗夫的父亲,查出了实情,要为她报仇,可是,结果只能用匕首刺伤了那个军官……他给枪毙了。"

"枪毙? 没有经过审判?"

"是的。那时候,英沙罗夫刚刚八岁。他被收留在邻人家里。那位妹妹听到了哥哥家里的不幸,就要把侄儿接到自己家里来。他被人送到敖德萨,从那里,转到基辅。他在基辅住了整整十二年。所以,他的俄国话说得那么好。"

"他说俄国话吗?"

---

[1] 指伊凡·阿森一世定都于特尔诺沃(1185)至伊凡·阿森二世(1218—1241),保加利亚国势大盛,据说当时特尔诺沃的文明可以媲美君士坦丁堡。特尔诺沃于1393年被土耳其人所攻陷。1965年起称大特尔诺沃。

"说得和你我一样好。当他二十岁的时候（那是一八四八年初），他就想要回到他自己的祖国。他到过索菲亚和特尔诺沃，走遍了整个保加利亚，从东到西，从南到北。他在保加利亚住了两年，重新学习他祖国的语言。土耳其政府迫害他，当然，在那两年之间，他受的危险一定够大的了。有一次，我瞧见他颈上有一条很宽的疤痕，那一定是伤痕，可是，他总不高兴谈到这些。他有他自己特有的缄默。我设法问过他许多回——他什么也没有说。要说，也只说一般的事情。他的固执是惊人的。一八五〇年他又回到俄国，来到莫斯科，为了完成他的学业，并且和俄国人多有接近。那么，等他在大学卒业以后……"

"以后怎样呢？"叶琳娜插口说。

"那就由上帝安排吧。对于未来，是不容易预测的。"

许久许久，叶琳娜没有把视线从伯尔森涅夫身上移开。

"您的话叫我很感兴趣，"她说。"他长得怎样，您这位朋友——他叫什么？……英沙罗夫？"

"我该怎么跟您说呢？依我看，他长得并不难看。不久以后，您自己会看见他的。"

"那是怎么回事呢？"

"我会把他带到这儿来见您的。后天他就会到我们的小村里来，还跟我同住在一幢房子里。"

"真的吗？可是他肯来看我们吗？"

"他一定肯的。他会很高兴来的。"

"那么，他也不骄傲？"

"他？一点儿也不。那就是说，要说骄傲，他也骄傲的，可是，不是您说的那种骄傲。比方说，他就从来不跟任何人借钱。"

"他穷吗？"

"是的，也不富。当他回保加利亚的时候，他收拾了他父亲劫后所余的些许产业，同时，他姑母也帮助了他一些，可是，总共起来，也还是很少。"

"他一定是个性格非常坚强的人！"叶琳娜说。

"是的。他是一个钢铁般的人。可是同时，虽然他那么专心自己的事业，甚至行动隐秘，但他也很天真、很坦白的。您将来自然知道。当然，他那种坦白，可不比我们这种不值钱的坦白，不比那些根本没有什么可以隐藏的人的坦白。……总之，我不久就会把他带到您这儿来的。您等着吧。"

"他对人也不羞怯吗？"叶琳娜又问。

"不，他对人一点儿也不羞怯。只有那种自负的人，才会对人羞怯。"

"那么，您也是那种自负的人吗？"

伯尔森涅夫变得迷乱了，只摆了摆手。

"您真引起我的好奇心来啦，"叶琳娜继续说，"可是，告诉我，他到底对那个土耳其军官复仇了没有呢？"

伯尔森涅夫微笑了。

"复仇是只有在小说里才有的呢，叶琳娜·尼古拉耶芙娜。况且，十二年已经过去了，那军官早死了也说不定。"

"可是，英沙罗夫先生就什么也没有对您说起过吗？"

"什么也没有说。"

"那么他为什么到索菲亚去？"

"他父亲在那儿住过的呀。"

叶琳娜变得沉思起来。

"解放自己的祖国！"她说道。"啊，多么伟大、说起来就多么叫人战栗的话啊！……"

正在这时，安娜·瓦西里耶芙娜来到客厅，谈话也就结束了。

当晚，在回家的路上，奇异的情感在伯尔森涅夫心里骚动着。他并不后悔他想让叶琳娜认识英沙罗夫的计划，他感到他对于那位保加利亚青年的叙述在她心里会产生出深刻的印象来。其实是十分自然的……他自己岂不是也曾努力去增强那种印象的吗？只是一种隐秘的、阴暗的情感，却偷偷地袭进他的心底了。他感到一种忧愁，而这种忧愁实在不能认为是高尚的。然而这忧愁却也不曾妨碍他照样拿起《霍亨斯陶芬家的历史》来，就从前晚中断的那一页起，继续读了下去。

十一

　　两天以后，英沙罗夫果然依照约言，携着行李，来到伯尔森涅夫住的地方。他没有仆人，可是，无须助手他就把他自己的房间整理好了，安置了家具，掸了灰尘，并且扫了地板。只有写字台特别麻烦，许久许久，它硬不肯归就那指定给它的墙角。可是英沙罗夫，以他特有的沉默的坚韧，终于使它完全就范。安置停当之后，他请伯尔森涅夫预先收他十个卢布，于是擎起一根粗棍，就出去视察新居的环境去了。三小时后，他回家来。伯尔森涅夫请他共餐，他回答说，他今天并不推辞朋友的好意，可是，他已经和房东太太说妥，从明天起，他将在她那儿搭伙了。

　　"啊呀，"伯尔森涅夫回答说，"那您会吃得很糟的，那老太太根本就不会料理饮食。您为什么不肯跟我一块儿吃呢？费用我们可以对半平分。"

　　"我的经济情况怕不容许我像您这样吃。"英沙罗夫回答，平静地一笑。

在那平静的一笑里，就可以看出有着令人不能往下争执的什么，伯尔森涅夫也就不往下说了。饭后，他向英沙罗夫建议，说是要领他到斯塔霍夫家去。可是他却回答，他想拿今晚的时间给他的保加利亚朋友们写信，所以请求把对斯塔霍夫家的访问移到明天。英沙罗夫的不屈的意志，伯尔森涅夫是早已知道的。可是，只有当他和他同住在一幢房子里以后，他这才充分了解：英沙罗夫决不会变更自己的决心，也正和他决不会不履行自己的诺言一样。在伯尔森涅夫，一位地地道道的俄国人，这种比德国人更甚的严格，初看起来似乎是很奇怪的，甚至是可笑的。可是，不久以后，他也就习惯了，而终于觉得，这种严格，如果说不上值得尊敬，至少，对彼此都很方便。

移居之后的次日，英沙罗夫在晨间四时就起了床，几乎把昆采沃全都走遍，在河里洗过澡，喝过一杯冷牛奶之后，他就开始工作了。他手头的工作很不少。他正在研究俄国历史、法律和政治经济学，翻译保加利亚的歌曲和编年史，搜集关于东欧问题的材料，还在编纂一部保加利亚人用的俄文语法和一部俄国人用的保加利亚文语法。伯尔森涅夫来到他的房里，和他谈起费尔巴哈[1]。英沙罗夫留神倾听着，间或也发表一点意见，意见虽然不多，但是非常中肯。从他的谈话里显然可以看出他是在寻找一个结论：他到底是需要研究费尔巴哈呢，或者，暂不研究也行。伯尔森涅夫于是把谈话转到英沙罗夫的工作上去，并且问他可不可以把他的成绩给他一点看看。英沙罗夫就给他念了他所译的两三首保加利亚歌谣，并且极其诚恳地希望听取他的意见。伯尔森涅夫认为翻译是很忠实的，可是，还不够生动。英沙罗夫十分注意地倾听着他的批评。从歌谣，伯尔森涅夫又谈到保加利亚现时的地位，而马上，第一次注意到，只一提到祖国，英沙罗夫就起了怎样的变化：并不是他的面孔

---

[1] 费尔巴哈（1804—1872），德国哲学家，马克思以前最杰出的唯物主义者，著有《黑格尔哲学批判》《基督教的本质》等书。

立刻通红了，声音顿时提高了——不是！只是他的全身似乎马上就表现了无限的力量和强烈的激动。他的嘴唇的线条变得更强硬、更坚决了，而在他的眼瞳深处，则燃烧起一种沉郁的、不可熄灭的火焰。英沙罗夫并不高兴叙述他自己在祖国的旅行，可是，关于保加利亚一般的事情，他却乐于和任何人谈起。他不厌其烦地详细谈着土耳其人，控诉他们的压迫，诉说他自己同胞的悲哀和苦痛，以及他们所怀的热望。在他所说的每个字里，都可以听出一种唯一的、永远燃烧着的激情和专心致志的思考。

"啊，是的，不会错的，"同时，伯尔森涅夫思忖着，"我敢说，那害死了他母亲和父亲的土耳其军官，已经得到他自己应得的惩罚了。"

英沙罗夫来不及把要说的话说完，门就开了，舒宾在门口出现了。

他以一种近于夸张的大方而高兴的神气，走进房来。伯尔森涅夫是深知他的，一眼就看出他心里其实是颇不自在。

"我不客气地自我介绍吧，"他脸上装出一种愉快而爽朗的表情来，开始说道，"我姓舒宾。我就是我们这位青年人（他指了指伯尔森涅夫）的朋友。我想。您就是英沙罗夫先生吧，是吗？"

"我是英沙罗夫。"

"那么，让我握握您的手，咱们做个朋友吧。我不知道伯尔森涅夫跟您谈起过我没有，可是，他跟我是时常谈起您的。您也住到这儿来了吗？好极啦！我这么瞅着您，请您别介意。我是个以雕塑为业的人，也许不多久以后我就会请求您的许可，来塑造您的头像啦。"

"我的头随时可以供您使用。"英沙罗夫说。

"我们今儿做点儿什么呢，呃？"舒宾又开始说，突然坐到一只矮椅子上，两腿张着，手肘撑在膝上。"安德烈·彼得罗维奇，您阁下对于今儿可有什么好计划？天气好极啦，阵阵干草和草莓的香味，好像……叫人好像喝着香草茶似的。我们总得畅快一下吧？对于我们的昆采沃的新客，我们总得把这儿的无数美景给他介绍介绍吧？（'他真有些不大对劲了。'伯尔森涅夫不断自忖着。）怎么啦，你怎么不响呢，吾友霍拉旭[1]？请开您那智慧的尊口吧。我们是畅快一下呢，还是不呢？"

"我不知道英沙罗夫觉得怎样，"伯尔森涅夫说道，"我看他像要开始工作了。"

舒宾在椅子上转过身来。

"您要用功吗？"他问，声音好像是从鼻孔里发出来的。

"不，"英沙罗夫回答，"今天，我是可以用来散步的。"

"啊，"舒宾感叹地说，"那好极啦！来吧，吾友安德烈·彼得罗维奇，请在您博学的头上戴上帽子，我们信目所至，向前进吧。我们的眼睛是年轻的——它们所见的，是前途无量。我知道一间极糟糕的小吃店，在那儿，我们可以得到一顿不像话的小吃。可是，我担保我们能够尽情快乐。来吧。"

半个钟头之后，三人就沿着莫斯科河畔走着了。英沙罗夫戴了一顶非常奇怪的、长耳朵的帽子。看着这奇怪的帽子，舒宾不禁感到并不十分自然的欢喜。英沙罗夫不慌不忙地漫步。他向四周观看，并且同样平静地呼吸着、谈笑着。他已经决心牺牲这一天来娱乐，所以也就尽情享受。"就像规矩的孩子们在星期天出来散步一样。"舒宾对伯尔森涅夫这么附耳私语。至于舒宾自己，他却一路之上大装丑角，跑在前头，学着著名雕塑的姿势，还在草上大翻筋斗。英沙罗夫泰然自若的神情不一定是令他恼怒，可是却使他忍不住要装神弄鬼。"你怎么这么淘气呀，法国佬！"伯尔森涅夫这样对他叫了两次。"是的，我正是个法国佬，半法国佬，"舒宾回答，"可是你呢，正像一个侍役常对我说的，在玩笑和正经中间，执其中庸之道！"年轻人折过河畔，来到一段深而狭的洼地，两边壁立着丰茂的金黄色的裸麦。从一边的麦地上，蓝色的阴影投到他们身上来。灿烂的阳光似乎是在麦穗上面浮漾。云雀歌唱着，鹌鹑也在

---

[1] 霍拉旭，莎士比亚悲剧《哈姆莱特》中的人物。

鸣叫。草上，一望无际，尽皆光闪闪的翠绿。温暖的微风飘荡着，吹拂着草叶，颠动着花枝。经过长久的漫游，其间也有休息和闲谈（舒宾甚至还拉住了一个已经没有牙齿的过路老农民来跳蛤蟆，那农民只是嘻嘻地笑，不管老爷们把他怎么摆布），年轻人终于来到那"极糟糕的"小吃店了。侍役几乎把他们每一个都弄得颠颠倒倒，真的给了他们一顿不像话的小吃，酒，也是一种巴尔干式的葡萄酒。然而，尽管如此，这却不曾妨害他们尽情快乐，正如舒宾所预料。他自己，就是闹得最凶，然而，却是最不快乐的一人。他为那其详不可考的然而伟大的维涅林[1]的健康干杯，同时，也为那生于混沌初开之时的保加利亚之王克鲁姆[2]、赫鲁姆，也许是赫罗姆吧，高呼万岁。

"是在九世纪！"英沙罗夫纠正他。

"九世纪吗？"舒宾叫道，"啊，多么幸福啊！"

伯尔森涅夫留意到，舒宾，虽然在调笑，顽皮装傻，也像在不住地探试英沙罗夫，他好像是在探测对方的深浅，同时自己心里却又十分慌乱，——可是，英沙罗夫却一直是平静的、泰然的，一如平日。

终于，他们回到家里，换了衣服，为了使晚间也能像早间一样尽兴，就决定当晚去拜访斯塔霍夫家。舒宾抢先跑来，宣告客人们的来到。

---

[1] 维涅林（1802—1839），俄罗斯语言学家，著名的保加利亚研究者。

[2] 克鲁姆（？—814），保加利亚大公（803—814），于811年曾大败东罗马帝国军，次年，且进军君士坦丁堡，死于军中。

十二

"英雄英沙罗夫马上就光临啦！"他装模作样地高声喊着，跑进斯塔霍夫家的客厅。恰好，在这时候，客厅里只有叶琳娜和卓娅。

"谁？"[1] 卓娅用德语问道。在猝不及防的时候，她的本国话往往就脱口而出。叶琳娜端坐起来。舒宾唇间浮着戏弄的微笑，注视着她。她感觉有些愠恼，可是，没有作声。

"您可听见，"他重复道，"英沙罗夫先生就要到啦。"

"我听见啦，"她回答说，"我也听见您在怎样称呼他。我真奇怪您，真的。英沙罗夫先生的脚还没有踏进屋子里来，您可就想把他扮成丑角啦。"

舒宾立刻变得沮丧了。

"您是对的，您总是对的，叶琳娜·尼古拉耶芙娜，"他嗫嚅着说，"可是，天知道，我可并没有恶意。我们今儿陪他游了一整天，我敢给

---

[1] 原文为德文。——原注

您担保，他真是个出类拔萃的人物。"

"我可没有问你那些。"叶琳娜说着，就站了起来。

"英沙罗夫先生年轻吗？"卓娅问。

"他呀，今年一百四十四岁！"舒宾回答，露出一副颇不耐烦的神气。

小厮通报两位友人的来临。他们走了进来。伯尔森涅夫介绍了英沙罗夫。叶琳娜请他们坐下。她自己也坐下来。卓娅则上楼去了。她得把客人们的来临报告给安娜·瓦西里耶芙娜去。一场泛泛的谈话开始了，正和所有初次的晤谈一样。舒宾坐在一个角落里，默默观察着，可是，也并没有什么可观察的。他观察到，在叶琳娜脸上，有一种对他自己的抑制着的恚恨，如是而已。他也观察了伯尔森涅夫和英沙罗夫，并且以一位雕塑家的眼光比较了他们的面孔。"两位都不算漂亮，"他想道，"保加利亚人有一张富有特征的脸，颇适宜于雕塑，并且，现在恰好是光华异彩。可是，那大俄罗斯人却更适宜于绘画，没有线条，却自有风度。据我看，无论这一个或者那一个，全都有可爱的地方。她可还没有恋爱，可是，如果要爱，就一定会爱上伯尔森涅夫。"他自己心里这样决定着。安娜·瓦西里耶芙娜来到客厅，谈话于是就完全转为纯粹别墅式的了，名副其实的别墅式的，而不是村居式的。从话题的丰富上看来，那谈话的确也是多趣的，可是每隔两三分钟，总会突来一次短暂的、无趣的间歇。在某一次这种间歇中间，安娜·瓦西里耶芙娜望了望卓娅。舒宾可了解这种无言的暗示，马上就做出一副怪相，可是卓娅却已经坐到钢琴旁边，把她所会的歌曲全都弹唱了一遍。乌发尔·伊凡诺维奇也曾在门边晃过一晃，可是，痉挛地扭扭手指之后，又退出去了。随后，茶上来了。接着，全体都来到花园里。……外面，天已开始暗黑，客人们于是告辞归去。

老实说，英沙罗夫在叶琳娜心里，的确没有产生她所期待的那么深的印象，或者更准确地说，他完全没有产生她所期待的那种印象。她喜欢他的坦然和毫无拘束，她也喜欢他的脸。但是，英沙罗夫的整个性格，那平静的镇定和平凡的单纯，却和她从伯尔森涅夫的叙述里在心下所构成的形象多少不大调和。叶琳娜所预期的（连她自己也没有意识到），实在比这更为"严重"一些。"可是，"她想道，"今儿他没有说什么话，那只能怪我自己——我没有问他。只好等下一次吧……可是，他的眼睛却是富于表情的、诚实的！"她觉得，在他面前她并没有自卑的意思，却只是像平等的朋友一样，想向他伸出手去——这可使她迷惘：对于像英沙罗夫这样的人们，对于"英雄"们，她所想象的完全不是这样。提到"英雄"，又使她记起舒宾的话，在她躺到床上的时候，她的脸也红了，甚至生起气来。

"对于您的新朋友们，您觉得怎样？"在归途上，伯尔森涅夫这样问英沙罗夫。

"我很喜欢他们，"英沙罗夫回答，"特别是那女孩子。她一定是个很好的姑娘。她好像容易激动，可是在她，那是很好的激动。"

"您该常去看看他们。"伯尔森涅夫说。

"是的，应该！"英沙罗夫回答，于是，在整个归途上，一直不曾再说什么。回家之后，他立刻把自己关在自己的房里，但是，他的蜡烛一直燃着，直到午夜过去许久以后。

伯尔森涅夫还来不及读完一页劳默尔，忽然在他的窗上有谁投了一撮细砂，发出了沙沙的声响。他不自主地怔了一怔，推开窗户，却瞧见了舒宾，面色苍白，有如一片白纸。

"真是多么捣乱的小鬼呀，你这夜猫子！"伯尔森涅夫开始说。

"嘘……"舒宾截断了他，"我是偷偷到你这儿来的，好像马克斯来会阿加特[1]。我非跟你偷偷说两句话不可。"

"那么，进里边来吧。"

---

[1] 德国作曲家韦伯所作歌剧《魔弹射手》中的人物。

"啊，那倒不必。"舒宾回答着，就将手肘支在窗台上面。"像这样更有趣些，更多一点儿西班牙的情调。第一，我恭喜你，你现在是身价百倍了。至于你那抬上了天的了不起的人物，对不起，可是一落千丈。这，我可以给你担保。并且，为了给你证明我的大公无私，那么，请听：英沙罗夫先生的鉴定表，全在这里。天才，没有；诗情，无；工作能力，不小；记忆力，无限；智力，不深也不广，可是健全而且敏捷；枯燥乏味；刚强有力；如果谈到他那令人索然至极的（咱们私下这样说吧）保加利亚什么的，他甚至还有一份辩才。如何？你以为我不公平吗？还有一点，你一世也办不到和他你我相称，谁也不曾和他有过这种交情。我，作为一个艺术家，当然是叫他讨厌的，这一点，我倒引以为荣。枯燥，枯燥，第三个枯燥，可是，他真能把你我全都碾成屑末。他真是全心全意献身给自己的祖国——不像我们的这些个口头爱国者，只会拍拍人民的马屁，只会空口吹牛：'啊，向我们流溢吧，你生命的水！'可是，当然，他的问题容易得多，也明白得多：只要把土耳其人赶跑，那就是惊天动地的事业！可是，所有这些气质，谢谢上帝，却不讨女人的欢喜。没有魅力，没有诱惑力。在这方面，你我都比他强多啦。"

"你就你，干吗把我也扯在里面？"伯尔森涅夫喃喃地说，"况且，别的话，你也说得完全不对。他一点儿也不讨厌你，并且，他和他自己的同胞一向就是你我相称……那我是完全知道的。"

"那可是另一回事！对于他们，他是个英雄。可是，老实说，我对于英雄的观念就完全不同：英雄就不该会说话；英雄就该像公牛一样号；它把角一触，登时就地动山摇。它自己就不必知道它干吗要触，只是触就罢了。可是，也许，在我们的时代，是需要另一种英雄的吧。"

"可是，为什么英沙罗夫叫你那么不自在呢？"伯尔森涅夫问道。"你跑到我这儿来，难道就是单单为了给我描写他的性格来的吗？"

"我跑到这儿来，"舒宾说道，"因为我在家里苦死了。"

"真的吗？可是又想哭吗？"

"只管笑吧！我到这儿来，因为我几乎要咬我自己一口，因为绝望、懊恼、嫉妒在啃着我的心……"

"嫉妒？嫉妒谁？"

"嫉妒你，嫉妒他，嫉妒每一个人。一想到这，我就苦恼，要是我早一点儿了解了她，要是我早一点儿就知道怎样着手进行……可是，有什么可说的！结果，我只有笑，只有装傻，只有像她所说的扮丑角，以后，就把自己勒死，完事。"

"啊，勒死自己？不会吧？"伯尔森涅夫说。

"在这样的良夜，当然不会。可是，只让我活到秋天吧。在这样的夜晚，人们当然也可以死的，不过，是幸福得要死罢了。啊，幸福！每一根树枝投到路上的每一片阴影，这会儿好像都在低声说道：'我知道幸福在哪儿啦……可要我告诉你？'我倒想约你去散散步，可是现在，你是被散文迷住了。睡觉吧，愿你有无数的数学数字来到你的梦里！可是，我的心却要碎了。你们，可敬的先生们，你们瞧着一个人在笑，那么，依你们看来，他就一定非常自在。你们就可以给他证明他不过是在自己跟自己捣鬼，换言之，就是他全没有苦恼……得了吧！上帝祝福你们！"

舒宾倏然离开了窗前。伯尔森涅夫不禁想喊一声："安奴什卡！"可是，他却抑制住自己。舒宾真是异常苦恼。一两分钟之后，伯尔森涅夫甚至觉得他听到了啜泣的声音。他站起来，打开窗户，一切全都寂然，只在远远的地方，有谁，也许是一个过路的农民，在低吟着《摩兹多克的原野》。

十三

英沙罗夫住在昆采沃附近的最初两周，他拜访斯塔霍夫家不过才四五次。而伯尔森涅夫却是每隔一日一定去的。叶琳娜总是高兴地接待他。他和她之间总有生动而有趣的谈话，然而，当他回家去的时候，他却总是面带愁容。舒宾不大露面。他正以狂热的干劲埋头于自己的艺术：要么就是整日关在自己房里，只间或披着涂满黏土的工作服从房里出来；要么就是一连多日都在莫斯科。在那里，他有一间工作室，模特儿们、意大利模型商们、他的朋友和教师们，多半是到那里去见他的。叶琳娜不曾一次像自己所希望的那样和英沙罗夫谈得痛快。当他不在眼前的时候，她准备问他许多事情，可是，在他来到以后，她又为自己的准备感到羞愧。正是英沙罗夫的镇静使她十分迷惘。她感到她没有权利强迫他披沥他自己的胸襟，那么，她就只有等待机会。可是，不管这一切，她仍然觉得，在每一次访问里，无论他们中间所交换的谈话是怎样无关紧要，他却一次比一次对她产生更大的吸引力。然而她却没有机会和他单独晤谈——但是，要和一个人建立亲密的友谊，至少一次的单独晤谈却是必要的。她和伯尔森涅夫谈过不少关于他的话。伯尔森涅夫看得见，叶琳娜的心事是被英沙罗夫触动了。他的朋友并没有如舒宾所断言的"一落千丈"，这使他感到高兴。他热心地给她絮叨他所知道的关于英沙罗夫的一切事情，包括最微末的细节（当我们想要取悦于某人的时候，我们往往在和他谈话时赞扬自己的朋友，因此，无意之间也抬高了我们自己的身价）。只是有时，当叶琳娜的苍白的面颊忽然浮起淡淡的红晕，她的眼睛也忽然放出光彩而且睁大了，他这才感到一阵心痛，正和不久以前他所体验到的那种阴郁的苦恼一样。

一天，伯尔森涅夫来到斯塔霍夫家，并不是在惯常的拜访时间，却在午间十一时。叶琳娜在大厅里接待了他。

"想想吧，"他勉强地微笑了，开始道，"我们的英沙罗夫失踪了。"

"失踪了？"叶琳娜问。

"是的，失踪了。前天，他不知道到什么地方去了，一直就不见回来。"

"他没有告诉过您他上哪儿去？"

"没有。"

叶琳娜沉到一把椅子里。

"大概是到莫斯科去了吧？"她说着，极力想装作冷淡，同时，对于自己为什么竟想装作冷淡，连自己也不禁感到奇怪。

"我看不是，"伯尔森涅夫回答说，"他不是一个人去的。"

"那么，同谁？"

"同两个什么人，大概是他的本国人。他们是前天午饭以前到他这儿来的。"

"保加利亚人吗？您怎么知道的？"

"因为，我恍惚听见他们的谈话，那语言是我不懂的，可是，显然属于斯拉夫语系……叶琳娜·尼古拉耶芙娜，您常说英沙罗夫是没有什么神秘的，那么，还有什么比这种访问更神秘的呢？想想吧，他们一进他房里，就大声叫着、闹着，那么粗暴，那么凶狠地争吵……他自己也大喊大叫。"

"他也喊叫？"

"是的。他对他们大声嚷喊。他们好像是在互相控告。您真想不到那些客人是怎样的人！黑黑的，板板的脸，高高的颧骨，鹰钩鼻子，两个人都是四十上下，衣服破旧，满面风尘，看起来好像是工人……严格地说，又不像工人，也不像绅士……天知道是些什么人。"

"他就跟他们一道走了？"

"是的。他让他们吃了东西之后，就跟他们一道走了。我们的女房东说，他们两个吃了一大锅荞麦粥。她说，他们两个，简直是狼吞虎咽，好像比赛似的。"

叶琳娜微微笑了。

"您看，"她说道，"这些事，往后一说明白，就会很平凡了。"

"但愿如此！可是，平凡这个词，您可用错了。在英沙罗夫身上，是绝没有平凡的事的，虽然舒宾可当真认为……"

"舒宾！"叶琳娜打断了他的话，耸了耸肩膀，"可是，您不是说那两位先生狼吞虎咽地吃荞麦粥……"

"地米斯托克利[1]在萨拉米斯大战的前夜，不是也进食的吗？"伯尔森涅夫说着，微笑了。

"是的。可是，第二天，海战就发生了。可是，无论如何，如果他回来了，请您一定告诉我！"叶琳娜补充说，想把话题转到另外的事情上去，但是，谈话却始终不见进展。

卓娅出现了，在房间里踮着脚尖儿走路，这就暗示了他们，安娜·瓦西里耶芙娜还没有醒。

---

[1] 地米斯托克利（约前525—前461），杰出的雅典统帅和执政官。在希腊—波斯战争时期，率其舰队大败波斯舰队于萨拉米斯岛附近。

伯尔森涅夫告辞了。

当天晚间，他给叶琳娜一封短简。"他回来了，"他告诉她，"脸色焦黑，满面风尘，但是他去过什么地方，去做了什么事情，我却无从知道。您可以打听一下吗？"

"您可以打听一下吗！"叶琳娜自语道，"好像他会跟我谈起似的！"

十四

翌日二时许，叶琳娜正站在花园里小狗舍前面。在这里，她养了两条小狗。（一个园丁发现它们被遗弃在篱下，因为听见洗衣妇说过年轻的女主人对于所有的禽兽全都慈悲，就把它们带到她这儿来了。他的打算果然不错：叶琳娜给了他二十五戈比的酒钱。）她检查了狗舍，看见小狗们还活着，活得很好，并且，已经换过清洁的干草，于是，转过身来，几乎发出一声惊叫。英沙罗夫，独自一人，在那林荫道上正朝着她走来了。

"您好，"他说着，走到她面前，并且脱了帽。她留意到，近三日来，他确实给太阳晒得黑多了。"我本想和安德烈·彼得罗维奇一道来的，可是，他不知为什么那么慢，所以，我不等他就先来了。您家里没有人，全睡觉了或者出外散步去了，所以我就到这儿来。"

"您像在道歉呢，"叶琳娜回答，"这是完全用不到的。我们大家随时都高兴见到您……我们就在树荫底下的椅子上坐吧。"

她坐下来。英沙罗夫坐在她身旁。

"近几天您好像没有在家，是吗？"她开始道。

"是的。"他回答说，"我出去了……安德烈·彼得罗维奇告诉过您？"

英沙罗夫看着她，微笑着，开始转弄自己的帽子。当他微笑的时候，他的眼睛直眨，嘴唇也突了出来，这给他的脸一种非常和悦的表情。

"安德烈·彼得罗维奇大约还告诉过您，说我跟两个什么的……两个不像样子的人，一道出去了？"他说着，仍然浮着微笑。

叶琳娜有点儿迷乱，可是，她马上感觉到，对于英沙罗夫，是只有说出真话来的。

"是的。"她坚决地回答说。

"那么，您觉得我是怎样的人呢？"他突然问她。

叶琳娜抬起眼来，望着他的眼睛。

"我觉得……"她说，"我觉得您总是知道您自己做的是怎样的事，并且，您是绝不会做出不对的事来的。"

"唔，谢谢您的好意。您瞧，叶琳娜·尼古拉耶芙娜，"他开始说，信任地把自己向她那边更挪近了一点，"在这儿，我们的人有一个小小的团体，在我们中间，有些人，是没有什么教养的，可是，大家都坚决地献身给一个共同的事业。不幸，争端是不能免的。他们大家全知道我，相信我。所以，他们来找我去，去解决一个争端。我就去了。"

"离这儿远吗？"

"我走了大约六十里[1]，到了特罗伊茨基区。在那边，修道院附近，有些我们的人。我总算没有空忙。我把问题解决了。"

"事情很麻烦吗？"

"麻烦是有的。有一位，非常固执。他不肯把钱退回来。"

---

[1] 指俄里，1 俄里等于 1.06 公里。下同。

"怎么，为钱争吵？"

"是的，还是数目不多的钱。可是，您以为原来为什么呢？"

"您跑了六十里，就是为了这么一点儿小事吗？还耽误了三天的时间？"

"这不是小事，叶琳娜·尼古拉耶芙娜，如果这是关于自己同胞的事。推辞这样的事，就是罪恶。瞧吧，我看见您就是对于小狗也不辞帮助，为这，我对您是非常钦敬的。至于耽误我的时间，那也没有关系，以后反正可以弥补的。我们的时间原来就不属于我们。"

"属谁呢，那么？"

"属于所有需要我们的人。我一下子把这些都告诉您，因为我尊重您的见解。我可以想象到，安德烈·彼得罗维奇一定叫您多么奇怪了！"

"您尊重我的见解，"叶琳娜低声说，"为什么？"

英沙罗夫再一次微笑了。

"因为您是个好姑娘，没有贵族气……就是这样的。"

接着是短时间的沉默。

"德米特里·尼卡诺雷奇，"叶琳娜说道，"您可知道，您对我这样坦白，这还是第一次。"

"怎么见得呢？我可觉得，我总是对您说出我心里所想的话来的。"

"不，这是第一次，我很高兴。我自己，也想对您坦白起来。可以吗？"

英沙罗夫笑了，并且说道：

"可以的。"

"我得警告您，我是很好奇的。"

"不要紧。请说吧。"

"安德烈·彼得罗维奇常常跟我谈起您的身世，您的幼年。我听说过一个情况，一个可怕的情况……我知道，后来，您又回过您的祖国……如果您觉得我的问题不妥当，就请为了上帝的缘故，不用回答我吧，可是，我总是被一种思想苦恼着……请告诉我，您可遇见过那个人？……"

叶琳娜沉住了呼吸。她对自己的大胆感觉惭愧，也感觉恐怖。英沙罗夫注视着她，微微蹙起眉毛，用手指摸了摸下巴颏。

"叶琳娜·尼古拉耶芙娜，"他终于开始说，声音较之平日更低，这几乎使叶琳娜害怕，"我明白您指的是什么人。没有，我没有碰见他，谢谢上帝！我也没有去找他。我不找他，并不是因为我不认为我有权利杀掉他——我可以问心无愧把他杀死——只是因为，现在不是报私仇的时候了。现在的问题，是整个民族的公仇……啊，也不是，话不该这么说……现在的问题，是整个民族的解放。民族的解放和个人的私仇是互相妨害的。可是如果前一样成功了，后一样自然也不能逃……是的，不能逃的！"他重复说着，点着头。

叶琳娜侧着脸注视着他。

"您热爱您的祖国吗？"她胆怯地问。

"那也难说，"他回答，"当我们中间谁是为了祖国而死，那才可以说他是热爱祖国的。"

"那么，如果您完全被剥夺了回到保加利亚的可能，"叶琳娜继续说道，"您在俄国会感觉非常苦恼吗？"

英沙罗夫垂下了眼睑。

"我想，如果那样，我会不能忍受！"他说。

"请告诉我，"叶琳娜又开始道，"保加利亚语难学吗？"

"绝对不难。一个俄国人不懂保加利亚语，该是一种羞耻。俄国人应当懂得所有的斯拉夫语言。您高兴我给您带几本保加利亚语的书来吗？您可以看到，它是多么容易。我们有着怎样的民谣呀！不比塞尔维亚的坏。等一等，我这就给您译一首。那是关于……可是，关于我们的历史，您至少总该知道一点吧？"

"不，我完全不知道。"叶琳娜回答。

"等等我会给您带本书来。您至少可以从那里知道一些重要的史实。现在，请听这首民谣……可是，我不如给您拿个书面的翻译来。我相信您会爱我们的，因为您爱所有的受压迫者。如果您知道我们的祖国该有富饶的土地，那多好啊！可是，他们却蹂躏了它，践踏了它。"他继续说着，不由自主地打着手势，同时，他的面色也阴暗了。"他们剥夺了我们的一切，一切：我们的宗教，我们的法律，我们的土地。可恶的土耳其人驱赶着我们，如同牛马，他们屠杀我们……"

"德米特里·尼卡诺雷奇！"叶琳娜叫起来。

他停住了。

"请原谅我。说着这样的事，我就没法冷静。您刚才问我，我可爱我的祖国？在世界上，一个人还能爱别的什么呢？除了上帝以外，还有什么别的能像祖国这样永远不变，不容疑惑，值得我们信仰？何况，正当这个祖国需要你的时候……请您注意：在保加利亚，连最贫苦的农民，最贫苦的乞丐，也都和我一样——我们全有着一个共同的要求。我们大家只有一个共同的目标。您当然可以理解，它给我们的是怎样的力量，怎样的信心！"

英沙罗夫沉默了一刻，于是，又开始谈起保加利亚来。叶琳娜以出神的、深沉的、悲哀的注意，倾听着他。当他说完以后，她再一次问他道：

"那么，无论怎样，您是不会留在俄国的吗？"

在他去后，她还许久许久凝视着他的背影。在那一天，他在她的心里完全变成了另外的一个人。当她送他走出花园的时候，她所辞别的人，已经不是两小时以前她所迎接的人了。

从那一天起，他开始来得更密，而伯尔森涅夫则一天比一天拜访得更疏了。在两个朋友之间，一种奇妙的感情开始产生出来。这种感情，他们两人都能深深感到，但是，却都无以名之，并且，也不敢有所解释。像这样，一月时光就过去了。

十五

　　安娜·瓦西里耶芙娜，如读者们所既知，是喜欢待在家里的。可是，有时却完全意想不到地，忽而表现出一种不可克制的欲望来，想出点非常的花样，来一次不平凡的行乐[1]。这种行乐愈麻烦，所需要的安排和准备愈繁重，安娜·瓦西里耶芙娜就愈激动，而她所得到的快乐也就愈多。如果这种心情是在冬日光临，她就会预定两三间并排的包厢，遍邀亲友，到戏院去，甚或去赴假面跳舞会。如果是在夏天呢，她就会到野外郊游一回，游得愈远愈好。待到翌日，她就会抱怨头痛，呻吟起来，甚至不能起床。可是，不到两月，那同样的对于"非常"的渴望，却又在她的心里燃烧起来了。现在，就恰好碰到了这样的时候。不知道是谁，偶尔给安娜·瓦西里耶芙娜提起了察里津诺[2]的绝妙风景，于是她就忽然宣布后天就要到察里津诺去郊游的计划。整个邸宅顿时闹

[1] 原文为法文。——原注
[2] 又译"皇庄"，离莫斯科约18里，有叶卡捷琳娜二世未完成的宫殿城堡。

翻了天。一个专使疾疾驰赴莫斯科，接尼古拉·阿尔吉米耶维奇回来；同时，另一仆人也匆匆赶去采购酒、饼和各种给养；舒宾的差事是去雇一乘敞篷马车（光是一乘箱式马车还不够用）和备办骏马；一个小厮跑到伯尔森涅夫和英沙罗夫那里去了两回，分送了两种不同的请帖，一种俄文的，另一种法文的，都出自卓娅的手笔；至于安娜·瓦西里耶芙娜自己，则忙于姑娘们出行的打扮。可是，在中途，苦心筹备的行乐却几乎弄成个不欢而散：尼古拉·阿尔吉米耶维奇从莫斯科跑回来，神情酸涩，心绪恶劣，满脸不满，要找碴的神气（他还在和奥古斯汀娜·赫利斯奇安诺芙娜闹别扭）。及至知道原来是这么一回事情以后，就毅然决然宣称恕不奉陪，并且说，从昆采沃赶到莫斯科，再从莫斯科冲到察里津诺，又从察里津诺跑回莫斯科，再从莫斯科拖回昆采沃，这简直是胡闹。最后，他还补充说："谁要是能先给我证明，在这地球上，有哪一块地方能比另外一块更快乐，我就去哪地方。"当然，这是谁也证明不了的，而安娜·瓦西里耶芙娜，既然没有可靠的护卫，几乎就要把这次行乐取消了。可是，忽然之间，她却记起了乌发尔·伊凡诺维奇来，于是伤心地打发人到他房里去找他，并且说道："快淹死的人，连一根草梗也抓呢。"他们把他叫醒。他走下楼来，一言不发地听着安娜·瓦西里耶芙娜的提议，而出乎大家意料之外，他扭扭手指之后，竟然答应去了。安娜·瓦西里耶芙娜禁不住吻了他的面颊，并且喊他为乖乖。尼古拉·阿尔吉米耶维奇却轻蔑地笑了，并且说道："多么荒唐！[1]"（间或，他也喜欢用用"俏皮"的法国字眼。）于是，次日清晨，在七点钟的时候，满装满载的箱式马车和敞篷马车，就滚出斯塔霍夫别墅的前庭了。箱式马车里，坐着太太小姐们、婢女和伯尔森涅夫。英沙罗夫坐在御者座上。敞篷马车里，则坐着乌发尔·伊凡诺维奇和舒宾。这原是乌发尔·伊凡诺维奇自己扭动着手指，把舒宾招到自己身边来的。他明知

---

[1] 原文为法文。——原注

舒宾一路之上不会饶他，可是在这位"拥有强大威力"的人和青年艺术家之间，却不知怎样地发生了一种奇妙的交情、一种不打不成相识的契合。可是，这一次，舒宾却饶了他肥胖的朋友，让他一路安静，他只是缄默着，好像心不在焉，而且十分温厚。

当马车驰抵察里津诺古堡的废墟的时候，太阳已经高升于无云的碧空。荒芜的城堡，虽在日午，景象也十分惨淡而且萧索。全体下了马车，来到草地上，立刻就向公园走去。走在前面的是叶琳娜、卓娅和英沙罗夫，稍后是安娜·瓦西里耶芙娜，手臂上挽着乌发尔·伊凡诺维奇，脸上浮着非常幸福的微笑。乌发尔·伊凡诺维奇摇摆着，喘着气，他的新草帽紧勒着他的前额，两脚夹在长筒靴里好像火烧。可是，他仍然感觉十分快乐。舒宾和伯尔森涅夫殿后。"我们会成为预备队呢，兄弟，像老兵似的，"舒宾对伯尔森涅夫小声说。"现在是保加利亚热的时代啦。"他补充说，朝叶琳娜那边，扬扬眉毛。

天气是灿烂的。周围一切，全都散发出芳香，嗡鸣着，歌唱着。远处，闪耀着湖光水色，轻快的节日情怀充满了每个人的心胸。"啊，多美呀！啊，多美呀！"安娜·瓦西里耶芙娜不住发出赞叹。对于她的热情赞叹，乌发尔·伊凡诺维奇也不住地首肯。有一次，他甚至哼了出来："真的！说不出！"叶琳娜和英沙罗夫不时交换一言半语。卓娅用两个指尖擎着自己的宽边帽，穿着淡灰色圆头皮鞋的小脚从粉红色轻纱的衣裙下面卖俏似的伸出来，眼睛一时望望身旁，一时又瞟瞟身后。"啊哈，"舒宾突然低声喊道，"卓娅·尼基吉什娜好像是在找人呢。我得陪陪她去。叶琳娜·尼古拉耶芙娜现在是瞧不起我的，可是，她一向不是瞧得起你，安德烈·彼得罗维奇吗？可是，又有什么两样？我要走了。我闷得够啦。我看你，老兄，你最好是采点植物标本吧。就你的处境，只有这么做才挺相宜，从学术的观点看来，这也很有用处。回头见！"说着，舒宾就跑到卓娅跟前，把手臂伸给她，并且说道："您的手，小姐。"[1] 于是,把她的手挽起来,一道走上前去。叶琳娜停下来,招呼了伯尔森涅夫,也挽了他的手臂,可是,却继续和英沙罗夫谈话。她问他,用他本国的语言,铃兰、枫树、懈树、菩提树等等,该怎么说。("保加利亚热呢!"可怜的安德烈·彼得罗维奇想着。)

忽然间,一声锐叫从前方传来。大家全都抬起头来——原来是舒宾的烟匣子飞进一处灌木丛里,是卓娅给扔出去的。"等等吧,我会跟您算账的!"他叫着,爬进丛林,找到了烟匣。他正待回到卓娅跟前,可是,还没有挨近她的身边,烟匣却又飞过路那边去了。这种把戏重复了五次之多。他高声笑着,威吓着她。可是卓娅却只是忍住笑,把身体蜷缩起来,好像一只狸猫。终于,他抓住了她的手指,紧紧地一捏,她就尖声大叫起来,后来还好一会儿吹着自己的手指,假装发脾气,但舒宾却咬着她的耳朵,对她低低地叽咕了一些什么。

"青年人,真淘气呢!"安娜·瓦西里耶芙娜对乌发尔·伊凡诺维奇快乐地说。

老人则仅仅扭了扭手指,作为回答。

"卓娅·尼基吉什娜真是怎样的姑娘呀!"伯尔森涅夫对叶琳娜说。

"舒宾又算什么?"她回答说。

同时,全体已经来到了所谓"观景亭"上,于是就停下来,观赏察里津诺诸湖的美景。大小诸湖连绵着,亘数里之遥,苍郁的林木笼罩着湖的彼岸。在最大一湖的边岸,山麓上铺展着如茵的绿草,湖水里映出了鲜丽无比的翠玉般的颜色。水平如镜,甚至在湖边也全无水沫,全无涟漪的波动。湖水有如巨块坚硬的玻璃,灿烂而沉重地安息于广大的盆中。天幕似乎沉入了湖底,而繁密的树木则正静静地凝视着透明的湖心。全体都沉醉在美丽的风景里了,作着无言的、长久的赞叹,甚至舒宾也安静了,甚至卓娅也沉思起来。终于,全体不约而同地生出了游湖

---

[1] 原文为德文。——原注

的欲望。舒宾、英沙罗夫和伯尔森涅夫在草地上互相比赛地跑着。他们找到一只涂了油彩的大游艇，上面还有两个船夫，于是，就把太太小姐们招呼过来。太太小姐们下来了。乌发尔·伊凡诺维奇也跟着谨慎地走了下来。当他走下船，落下座来的时候，全体都尽情欢笑起来。"留神呀，老爷！别把我们淹死啦！"一个狮子鼻的、穿着印花布小衫的青年船夫这样说。"哼哼，小子！"乌发尔·伊凡诺维奇回答说。船开动了。青年人拿起桨来，但是，他们里面只有英沙罗夫一人会划船。舒宾提议大家合唱一曲俄国民歌，自己首先唱起来："在母亲伏尔加河下……"伯尔森涅夫、卓娅，甚至安娜·瓦西里耶芙娜，全都合唱起来（英沙罗夫是不会唱的），可是，他们却唱得参差不齐。唱到第三节的时候，歌手们就全都乱了。只有伯尔森涅夫还在用低音接唱："波中无所见……"可是，不久之后，连他也难为情了。两个船夫相对眨了眨眼睛，默默地狡笑。"怎么着，"舒宾转过身来，对他们说，"你们以为老爷们不会唱吗？"穿着印花布小衫的青年船夫只是摇了摇头。"等着瞧吧，塌鼻梁小子，"舒宾又说，"我们马上唱给你听。卓娅·尼基吉什娜，给我们唱个尼德迈耶尔[1]的《湖》[2]吧。别划啦，小子们！"湿淋淋的桨叶平放在船边，如同鸟翼，静止着，只有水珠零落地滴下，发出滴答的响声。游艇稍稍向前浮进，于是，天鹅般地在水上略一回旋之后，也静止了。卓娅起初还扭捏了一阵……安娜·瓦西里耶芙娜却温和地催了一声："来吧！"[3]卓娅于是摘下帽子，开始唱道："啊，湖呀，年岁忽已暮……"[4]

她不高然而清脆的歌声，似乎在明镜似的湖上飞翔，在遥远的彼岸的森林里，每一个字都得到回响，好像是在那边，也有谁在歌唱，声音

---

[1]尼德迈耶尔（1802—1861），瑞士作曲家。
[2]原文为法文。——原注
[3]原文为法文。——原注
[4]原文为法文。——原注

是那么清脆、神秘、非人间、不属于斯世。当卓娅正要唱完的时候，一阵雷鸣般的喝彩声就从岸边的一个亭子里传来了，接着，从里面跑出一群红脸的德国人。他们也是到察里津诺来玩乐的。他们中间有几个没有穿上衣，也没有结领带，甚至没有穿背心。他们那么拼命地喊着："再来一个！"[1] 使得安娜·瓦西里耶芙娜不得不吩咐船夫赶紧把船划到湖对岸去。可是，在小舟还不曾到达彼岸之前，乌发尔·伊凡诺维奇却再一次使得自己的朋友们吃了一惊：他看出森林的某一处回声来得特别清晰，就出人不意地做起鹌鹑叫来了。起初，每个人都怔了一怔，可是，立刻，大家可听得真正高兴起来，尤其因为乌发尔·伊凡诺维奇叫得那么准确而且神似。这可使他非常得意。于是，他又学起猫叫来，可是，猫叫却并不怎样成功。于是，再学过一次鹌鹑叫以后，他就瞟了大家一眼，沉默了。舒宾扑过去，想去吻他，却被他推开。正在这时，小舟抵了岸，全体也就舍舟登陆了。

　　同时，车夫同着男仆和女婢，已经把筐篮从车上搬下来，于是就在老菩提树下的草地上摆好了午餐。大家围着铺好的台布落坐下来，一齐享用面饼和别的食物。每个人胃口都极佳，可是安娜·瓦西里耶芙娜还是频频地劝自己的客人们努力加餐，并且给他们保证道，再也没有什么会比这种露天野宴更卫生的。她甚至用这样的话奉劝了乌发尔·伊凡诺维奇。"不用客气，"他哼哼着，口里已经塞得满满的了。"这样可爱的天气，真是天赐的呀！"她不断这样反复说。她好像完全变了一个人，足足年轻了二十岁。当伯尔森涅夫像这样告诉她的时候，她说道："是呀，是呀，在我年轻的时候我也出过风头来着呢。说到漂亮上，我总不出前十名。"舒宾坐在卓娅身旁，不断给她进酒。她不肯喝，可是他一定要她喝，结果，总是自己喝下去，立刻又要她再干一杯。他甚至要求她把腿给他枕枕，可是，她却无论如何也不肯让他"这么放肆"。只有

---

[1] 原文为德文。——原注

叶琳娜好像是严肃的，可是，在她心里，她却有着一种奇妙的平静的感觉，这是她许久不曾体验到的。她觉得她心里充满着无限的善意。她不只希望把英沙罗夫，也希望能把伯尔森涅夫，经常留在自己身边……安德烈·彼得罗维奇隐隐悟到了这是怎么一回事情，于是悄悄地叹息了。

时间飞逝着，夕暮已经临近。安娜·瓦西里耶芙娜突然惊讶起来："啊，天哪，已经多晚了呀！"她叫道，"先生们，美景难留。这是应该回家的时候啦。"她开始忙乱起来，大家也就随着骤然起立，向着古堡走去。马车是等在那里的。在走过湖滨的时候，他们全都停步伫立，惜别似的又赞赏了一次察里津诺的美景。明丽的晚霞如火，照着各处。晚天赤红。初起的晚风吹动着树叶，一时幻出万变的色彩。湖水微微荡漾，闪着金光。点缀在公园里的红亭和赤塔，和苍翠的树林分明映照。"再见吧，察里津诺，我们永远也不会忘记今天的郊游！"安娜·瓦西里耶芙娜说道。正在这时候，好像为了要证实她的惜别之辞似的，一件奇特的事情发生了。这事情，倒真是不大容易忘记的。

事情原来是这样的：安娜·瓦西里耶芙娜对于察里津诺的惜别致辞还不曾完毕，突然，在离她数步远近的地方，一丛高大的丁香树后，发出一串嘈杂的叫声、笑声和闹声来——一大群乱七八糟的汉子，就是那班音乐热爱者，曾经那么强烈地喝彩过卓娅的歌声的人，忽然拥到路上。这班音乐爱好者好像有了十分醉意。一见到太太小姐们，他们就停下来。可是，其中之一，一个有着公牛般的颈子和公牛般的血红眼睛的高大个儿，却超过了自己的同伙们，蹒跚着来到已经惊呆了的安娜·瓦西里耶芙娜的前面，蠢笨地鞠了一躬。

"且安，太太，"[1] 他粗声叫着，"您好！"

安娜·瓦西里耶芙娜向后倒退了。

"是干吗的，"大个儿用拙劣的俄语继续说道，"我们给你们大喊再

---

[1] 原文为法文。

来一个，大声叫好，你们是干吗的不再来一个？"

"对啊，对啊，是干吗的？"他的同伙们也齐声喊起来。

英沙罗夫正待走上前去，可是舒宾却阻止了他，自己来把安娜·瓦西里耶芙娜掩护起来。

"请允许我，"他开始道，"可尊敬的不相识者，请让我向您表示，您的行为使我们大家实在感到惊讶。据我判断，您该属于高加索人种的撒克逊支。因此，我们不得不设想您也该懂得一点社交上的礼节。可是，您竟不客气地对一位未经介绍的太太说起话来啦。请相信我，在别的时候，我个人当以结识您引为莫大的欣慰。因为，我在您身上发现了惊人的肌肉发达——二头肌，三头肌，三角肌，[1] 如果您惠然肯做我的模特儿，那么，我，作为一个雕塑家，将认为无上的幸福。可是，这一回，请让我们安静一下吧。"

"可尊敬的不相识者"一直听完舒宾的演说，脑袋轻蔑地偏向了一边，两手叉腰。

"您说的什么呀？咱啥也不懂，"他终于说话了，"您以为咱是个皮鞋匠或者钟表匠？咳！是军官呀，是官儿呀，咳！"

"那我决不怀疑！"舒宾又开始说……

"咱说，"不相识的朋友继续说道，有力的手把舒宾一把推到道旁，好像扔掉一根树枝似的，"咱说，咱们喊了再来一个你们干吗不再来一个？咱马上就走，马上，立刻，可是，只要这位，只要这位小姐[2]，不是那位太太，不是，不是她，是这位，或者那位，（他指了叶琳娜和卓娅）给咱亲个嘴，用咱们德国话说，就是 einen Kuss. 老实的，亲一个。呃，怎么样？这不要紧的。"

"对呀，einen Kuss. 这不算什么。"同伙们又喊起来。

---

[1] 原文为法文。——原注
[2] 原文为德文。

"哈哈，他妈的！"[1] 其中一个德国人，显然已经泥醉，笑得喘不过气来，大声叫道。卓娅抓住英沙罗夫的手臂，可是他却挣开了，径直站到那无礼的大个儿前面。

"请你滚开！"他用一种不高的然而严厉的声音说。

德国人却哈哈大笑起来。

"滚开？哈哈，咱才爱听这个呢！咱难道不能随便走走？什么叫作'滚开'？咱干吗要滚开？"

"因为您竟敢侮辱别人家的小姐，"英沙罗夫说着，脸色突然变白了，"因为您喝醉了。"

"什么？咱喝醉啦？可听见吗？听说了吧，药剂师先生?[2] 咱是个军官呢，他竟敢……现在，咱可得要求满足！[3] 非亲一个不可！[4]"

"您要是再上前一步……"英沙罗夫开始说。

"唔？你敢怎么样？"

"我就把您扔到水里！"

"水里？天哪！[5] 就是这样吗？来吧，咱们瞧瞧，那倒很古怪呢，扔到水里！……"

军官先生于是扬起手来，走上前去。可是，忽然间，一桩不平常的事发生了：他叫了一声，整个庞大的身体晃了几晃，就飞离了地面，双足腾空，不等太太小姐们有时间发出尖叫，谁也来不及看清是怎么搞的，军官先生的整个笨重的身体就扑通一声栽倒在湖里了，随即消失在那还打着漩的水里。

"啊！"太太小姐们异口同声地尖叫起来。

---

[1] 原文为德文。——原注
[2] 原文为德文。——原注
[3] 原文为德文。——原注
[4] 原文为德文。——原注
[5] 原文为德文。——原注

"我的上帝!"[1] 从另一方面也发出了喊叫。

一瞬间时光过去了……于是，一个披满了濡湿的头发的圆脑袋浮到水面上来，它还吐着泡沫呢，那只脑袋，两只手在嘴唇旁边痉挛地乱抓着……

"他会淹死啦，救救他，救救他吧!"安娜·瓦西里耶芙娜向英沙罗夫喊道。英沙罗夫正叉开两腿立在岸上，沉重地呼吸着。

"他会爬出来的，"他以轻蔑的、全无同情的冷淡回答说，"我们走吧，"他补充说，于是挽起安娜·瓦西里耶芙娜的手臂，"走吧，乌发尔·伊凡诺维奇，叶琳娜·尼古拉耶芙娜。"

"啊……啊……噢……噢……"只听见那倒霉的德国人在悲号，极力想抓住岸边的芦苇。

大家跟着英沙罗夫，并且要从那一帮德国人面前经过。可是领头的一经打倒以后，喽啰们也就服帖了，全都不响。只有其中最大胆的一个威吓地摇着头，一边嗫嚅道："唔，等着……上帝知道……咱们走着瞧吧。"可是其中的另一位则甚至脱下了帽子。在他们眼里英沙罗夫是可怖的，那也并不是没有理由：在他的脸上，的确可以看出凶恶的、危险的神情。德国人急忙跑去打捞他们的同伴去了。而那位同伴，当他的两脚一经着陆以后，就哭哭啼啼地咒骂起那帮"俄国流氓们"来，并在他们背后高声叫道，他要去告状，要去告诉冯·基兹里茨伯爵大人本人去……

可是，"俄国流氓们"对于他的叫骂却全不理会，只是赶紧来到了古堡。在走过公园的时候，大家全都保持沉默，只有安娜·瓦西里耶芙娜轻轻地叹了两口气。可是，当他们到达马车旁边，全都站定以后，一阵不可抑止的、荷马的天人似的哄笑就不由自主地迸发出来了。最先发动的是舒宾，疯子似的大笑起来。接着，伯尔森涅夫也豆落皮鼓似的喻

---

[1] 原文为德文。——原注

嗡笑了。于是，卓娅也珠落玉盘似的咯咯笑了。安娜·瓦西里耶芙娜扑哧一声，也笑了出来。叶琳娜也不禁露出笑容。最后，连英沙罗夫自己也无法抑制了。可是，笑得最响、最长久、最激烈的，却是乌发尔·伊凡诺维奇。他一直笑到肚皮发痛，呼吸窒塞，甚至打出喷嚏来了。他稍停一停，眨着笑出了眼泪的眼睛，喘息地说道："我……刚想着……怎么回事……扑通……他就……下去啦！"可是，就随着那痉挛地逼出的最后的一个字，一阵新的哄笑又发作了，使得他的整个身体再一次地震动起来。卓娅可把他弄得更加无法伸腰。"我瞧见他的腿，"她说道，"腾空起来……""是的，是的，"乌发尔·伊凡诺维奇又喘息道，"他的腿，腿……一下子……扑通……他可就扑通……扑通……下去啦！""他究竟是怎么弄的呢？那德国佬可不是可以抵他三个？"卓娅又说。"我，我告诉你，"乌发尔·伊凡诺维奇揩着眼睛回答说，"我瞧见，他一只手抓住他的腰身，这么一扳，他就扑通下去啦！我听见一声扑通……怎么回事……他可已经扑通下去啦！……"

马车启行了许久，察里津诺也早已望不见，可是，乌发尔·伊凡诺维奇仍然不能平静下来。舒宾又是和他同坐在敞篷马车上，终于对他喊起"不害臊"来了。

可是英沙罗夫却感到了不安。他坐在箱式马车里，正和叶琳娜相对。（这一回，伯尔森涅夫却坐到御者座上去了。）他不曾说话，她也沉默着。他想着她在对他不满。可是，她却不曾对他不满。在最初的瞬间，她的确很觉恐惧。随后，他脸上的表情也使她吃惊。而最后，她变得沉思起来。她沉思的什么，她自己也不十分清楚。白天她所体验的感情，已经消失了，这一点，她是明白的。可是代替那感情的是什么，她却还不充分了解。行乐拖得很久，黄昏已经不知不觉地变成了暗夜。马车疾速地向前滚动，一时经过已熟的麦地。在那里，空气中充满着浓郁的小麦的芳香，一时又经过辽阔的草原。在这里，忽然又有冷洁的夜气轻拂着人们的脸。天是低沉的，地平线上似乎笼罩着烟雾。终于，月亮上来了，昏晕而且赤红。安娜·瓦西里耶芙娜在打盹。卓娅把头伸出窗外，凝望着道旁。叶琳娜终于发觉自己有一个多小时没有和英沙罗夫说话。她就转向他，对他提出了一两个琐屑的问题。他立刻回答了她，心里感觉着十分宽慰。模糊的声响开始从夜空传来，好像有千万的声音在远处谈着话：莫斯科在欢迎他们了。远处，有灯光闪烁，渐渐地灯光益见频繁。终于，石砌的街路在车辆下面辚辚地震响起来。安娜·瓦西里耶芙娜醒了。车里的每个人也开始谈起话来，虽则谁也不能听清谁说的话。所有的语声全被两乘马车和三十二只马蹄在街石上面的震响湮没了。从莫斯科到昆采沃的旅程似乎特别悠长而且令人厌倦。全体的人，有的人睡了，有的沉默着，所有的脑袋全都倒向各自的角落。只有叶琳娜不曾合眼，她的眼睛一直不曾离开英沙罗夫的朦胧的身形。一种忧郁的心情临到了舒宾心里。和风拂着他的眼睛，使他烦恼。他蜷缩在自己的外衣领子里，几乎要流下泪来。乌发尔·伊凡诺维奇幸福地打着鼾，前后摇晃着。马车终于停下了。两个男仆把安娜·瓦西里耶芙娜搀下马车。她简直快累死了。当她和她的游伴们告别的时候，她宣称道，她已经"半死不活"了。他们向她道谢，可是她却只是重复道："半死不活啦！"在分别的时候，叶琳娜（第一次）握了英沙罗夫的手。在解衣就寝以前，她在窗前默坐了许久。舒宾，当伯尔森涅夫临去的时候，却找到了机会和他低低地说了这样的话：

"哪，他不是英雄是什么？——他能把喝醉了的德国人扔到水里！"

"可是，你就连这也不能。"伯尔森涅夫回答道，就和英沙罗夫一起踏上归途。

当两位朋友到达寓所的时候，天色已经微明。太阳还没有升起，可是，空气里却已弥漫着破晓时的寒气，草上也已覆盖着灰色的露水。早起的云雀在半明半暗的天空高啭着歌喉，遥远的、遥远的天际，一颗巨大的最后的晨星正凝视着，有如一只孤寂的眼睛。

十六

认识英沙罗夫不久之后，叶琳娜就（第五次也许第六次）开始记日记了。这里，是日记里的若干断片：

"六月……安德烈·彼得罗维奇给我带了些书来，可是我总没有心情念。我不好意思对他明说，可是，我也不愿意把书还给他，对他撒谎，说我念过。我感到，那会叫他十分难受的。他常常关心着我。好像是，他对我很有些留恋。真是一个好人呢，安德烈·彼得罗维奇。

"……我需要的是什么呢？我的心为什么是这么沉重，这么惫倦？为什么我看着鸟儿飞过，心里也感觉着羡慕？我真想跟它们一道飞去呢——飞到哪儿去，自己也不知道，只是远远地、远远地离开这儿吧。这种愿望不是有罪的吗？这儿，我有母亲、父亲和家。难道我不爱他们？不，我并不爱他们，不像我应当爱的那样爱他们。把这样的话写下来，是可怕的。可是，这是真话。也许，我是个大罪人吧；也许，就为这，我才这么忧愁，我的心才这么不宁静吧。好像是，有一只手搁在我头上，重压着我。我好像是给关在狱里了，狱墙像马上要朝我倒塌下来。为什么别人并不感觉这些呢？如果我对我自己的家人也是这么冷淡，我还能爱谁呀？很显然，爸爸是对的了。他就老是怨我除了猫狗以外什么也不爱。我得把这细想一想。我很少祈祷。我得祈祷……啊，我想我是知道怎样去爱的！

"……对于英沙罗夫先生，我还是老感到羞怯。我不知道为什么。我相信，一般说我是并不怎么女孩子气的。而他，那么质朴，那么善良。有时，他的表情十分严肃。他当然无暇顾及我们。我感受到这个，所以，也就不好意思来占用他的时间了。对于安德烈·彼得罗维奇，那可完全是另外一回事。我可以跟他闲谈整日。可是，他也老是跟我谈起英沙罗夫。并且，谈的是怎样可怕的事啊！在昨晚的梦里，我梦见他手里握着匕首。他好像对我说道：'我要杀死你，也把我自己杀死！'多么痴傻啊！

"……啊，要是有人能对我说：'这，这就是你应该做的！'……存好心——这还不够。要做好事……对的，这才是人生里的大事。可是，要怎样做好事呢？啊，要是我能知道怎样控制我自己，该有多好啊！我不明白我为什么这样常常想到英沙罗夫先生。当他来了，在这儿坐着，注意地听着，但是一点儿也不勉强，一点儿也不慌乱，我瞧着他，心里就感觉愉快——不过是这样罢了。可是，当他走后，我却不断回味他的话，对自己感觉烦闷，甚至激动……我说不出这是为了什么。（他的法语说得不好，可是并不觉得难为情——这一点我很喜欢。）可是，我也时时想着许多别的人。在跟他谈话的时候，我突然想起我们的管家瓦西里。有一次他从一间失火的茅屋里救出一个跛足的老人来，自己几乎也给烧死了。爸爸夸他是个好汉子，妈妈给了他五卢布，而我却真想跪在他的脚前。他的脸也是质朴的，甚至有些傻气，后来，他却变成一个酒徒了。

"……今天，我拿了半戈比给一个乞妇，她对我说道：'你怎么那么忧愁呀？'我是从来也没想到过我会有忧愁的样儿的。我看，这一定由于孤独，永远的孤独，无论好坏，总是我孤单单的一个人。我能向谁伸出手去呢？到我这儿来的，不是我所需要的，而我所需要的……却从我的身边走过去了。

"……我不知道我今天是怎么的了，我的头脑乱极了，我真想跪下来，祈祷，乞求怜悯。我不知道是谁、是什么好像在折磨着我，我心里只想反抗、号叫。我流着眼泪，不能安静……啊，我的上帝，我的上帝呀！请抑制我心灵里的这种汹涌吧！只有你能帮助我，所有别的，全是无用的。我的可怜的布施，我的学习，所有一切，一切，一切，全不能给我帮助。我真想跑到什么地方去做个女佣。真的，这会叫我安心得多的。

"青春是为了什么？活着是为了什么？我为什么有一个灵魂？这一切都为了什么？

"……英沙罗夫，英沙罗夫先生——真的，我不知道怎么写才好——仍然叫我感觉兴趣。我真想知道在他的心里，在他的灵魂里，他想的是什么。他好像是那么坦白，那么容易接近，可是，对于他，我却仍然什么也看不见。有时，他以那么一种侦查似的眼睛望着我……也许，这只是我的幻想？保尔不断逗我——我是很恼保尔。他要什么呢？他爱着我……可是，我要他的爱做什么？他也爱着卓娅呢。我对他是不公平的。昨儿他告诉我，说我应该含蓄些，别那样百分之百的不公平都不会……这是实在的。这该多么不好啊！

"啊，我感到一个人必须有些不幸，或者贫困，或者疾病，不然，他就会马上自满起来。

"……安德烈·彼得罗维奇今天为什么要来跟我说起那两个保加利亚人呢？他来告诉我，好像是有什么存心似的。我跟英沙罗夫先生有什么关系呢？安德烈·彼得罗维奇这么做，真叫我生气。

"……提起笔来，不晓得怎样开始。今儿，在花园里，他是多么突如其来跟我谈起话来了啊！态度是那么亲切并且信任！事情发生得多么快呀！好像我们本是很老很老的朋友，不过刚刚才互相认出来似的。在这以前，我怎么竟没有了解他！现在，他和我却是多么接近！并且，这是多么奇怪，我现在心里竟平静多了。这真可笑，昨儿我还恼着安德烈·彼得罗维奇，也恼着他，甚至称他英沙罗夫先生，可是，今天……这儿，终于，是有一个真正的人，一个可以信赖的人了。这个人不撒谎，这是我所遇见的从不撒谎的第一个人。所有别的人，全都撒谎的，他们的一切，全是个谎。安德烈·彼得罗维奇，亲爱的、善良的朋友，我为什么要委屈您呢？不！安德烈·彼得罗维奇也许比他更有学问，也许甚至更多智慧……可是，不知道为什么，一和他比较起来，却显得那么渺小了。当他一说到自己的祖国，他好像就长大了，长高了，他的姿容就立刻焕发了，他的声音也变得像纯钢了。啊，不，好像是，在这世界就没有一个人能够使他低下头去。他也不只是空谈——他行动，还会永远行动下去。我要问他……他是怎样突然就转向我来，对我微笑了啊！……只有亲兄弟才能像那样微笑的。啊，我是多么高兴！当他初来我们这儿的时候，我做梦也没有想到我们竟能这么快就互相了解。现在，就是想到我当初对他的冷淡，我也是欢喜的。冷淡？难道我现在就不冷淡了吗？

"……我许久没有感到过这种内心的平静了。我的心是这么静、这么静。没有什么可记的。我时常看见他，如此而已。还有什么可记的呢？

"……保尔把自己关了起来。安德烈·彼得罗维奇也慢慢地不常来了。可怜的人！我想像他是……可是，那是决不会的。我高兴和安德烈·彼得罗维奇谈话：他从不自夸，谈的往往是有意义的、有用的话。和舒宾截然不同。舒宾漂亮得像一只蝴蝶，并且自夸着自己的漂亮。这是连蝴蝶也不做的。可是，无论是舒宾或者安德烈·彼得罗维奇……我知道我要说的是什么。

"……他很高兴到我们这儿来，我看得出。可是，为什么呢？他在我身上发现了什么呢？确实，我们的趣味是相投的：他和我，我们俩都不怎么爱好诗歌；我们对于艺术也都没有什么理解。可是，他比我强多少啊！他是平静的，可是我却永远彷徨。他已经选定了自己的道路，自己的目标——可是我，我在走向哪儿去？哪儿是我的家？他是平静的，可是所有他的思想却是遥远的。有朝一日，他会永远离开我们，回到他自己人那里去的，在那边，在海的那边。怎么办呢？愿上帝祝福他吧！无论如何，当他在这儿的时候我认识了他，那总是令我快慰的。

"他为什么不是一个俄国人呢？不，他不可能是一个俄国人。

"妈妈也喜欢他呢。她说：'他是个谦逊的青年人。'亲爱的好妈妈！她并不了解他。保尔沉默了。他猜到我并不高兴他的暗示，可是，他是嫉妒着他的。坏孩子！你可有什么权利？难道我曾经……

"这全都无聊透啦！我怎么会想到这些事上来的？

"……这可是奇怪的事：直到现在，已经二十岁了，我还从来没有爱过谁！我相信，德（我要叫他德，我喜欢这个名字：德米特里）之所以能有那么纯洁的灵魂，就是由于他是完完全全地把自己献给了自己的事业，自己的理想。他还有什么可烦恼的呢？当一个人完全地……完全地……完全地献身之后，他就没有忧愁，也没有负累了。这样，就不是我要怎样怎样，而是它要怎样怎样了。啊，说起来，他和我都爱着同样的花。今早我摘了一朵玫瑰花，一叶花瓣落了下来，他就把它拾起……我把整朵玫瑰花全给了他。

"……德常到我们这儿来。昨晚他在这儿坐了很久。他要教我保加利亚语。跟他一道，我感觉愉快，完全像在自己家里。比在自己家里还好。

"……日子飞一般地过去……我愉快，同时，也有一点点疑惧。我想感谢上帝。眼泪也好像已经不远了。啊，这些温暖的、愉快的日子啊！

"……我还是和以前一样愉快，只是，有时候，有那么一点点忧郁。

我是幸福的。我幸福吗?

"……昨儿的郊游,我将永远也不会忘记。多么不可思议、新奇而可怕的印象啊!当他突然抓住那高个儿,扔球一般地把他扔到水里去的时候,我也并不惊吓……可是,他自己却使我惊吓了。后来——他的脸又是多么狠啊,几乎是残酷的!他是怎样说的啊:'他会爬出来的!'那简直叫我惊呆了。显然,我没有了解他。而过后,当他们全都笑着,我自己也笑着的时候,我心里又多么为他难过啊!他有些羞愧了,我觉得,他在我面前有些羞愧。后来,在马车里,在黑暗中,当我想认真看他一看而又怕看他的时候,他是像这样告诉我的。是的,他是一个不容小视的人,同时也是一个勇敢的保卫者。可是,为什么要那么狠,嘴唇也那么战栗,眼睛也发着怒火呢?也许,那是不可避免的吗?难道做一个人,做一个战士,就不能依旧温柔,依旧和善吗?'人生就是粗暴的。'前不久他还对我说过这样的话。我把这话告诉安德烈·彼得罗维奇,他却并不同意这说法。他们两个,到底谁对呢?可是,那一天是怎样开始的啊!我是多么愉快啊,在他的身旁走着,甚至沉默着的时候,也是快乐的……可是,虽然发生了那样的事情,我也高兴。我觉得那是十分当然的。

"……又是不安啦……我感觉不大舒服。

"……这么许多日子在这本子上我什么也没有写,因为我没有心思写。我觉得,无论我写下什么,那都不是我心里的话……那么,我心里想的是什么呢?我跟他做过一次长谈,从谈话里我明白了许多事情。他把他的计划告诉了我。(顺便说,我现在才知道他那颈上的伤疤的由来……上帝呀,当我一想到他竟被判过死刑,只是九死一生才逃脱,并且受了伤……)他预测着战争将要爆发,还为这高兴。可是,我也从来没有见过这样抑郁。他……他!……他有什么可以抑郁的呢?爸爸从城里回来,正碰上我们两人在一起,很奇怪地望了我们一眼。安德烈·彼得罗维奇也来过。我注意到他变得很瘦、很苍白。他责备我对舒宾太冷酷、太过分了。真的，我已经完完全全忘记保尔的存在呢。见到他的时候，我应当弥补我的过失。现在，他对我已经算不了什么了……世界上任何人对我也全不算什么。安德烈·彼得罗维奇以一种怜悯的神气和我谈话。这全是干什么呀？为什么在我的周围，在我的内心，一切都是这样黑暗？我感到在我的周围和我的心里，都在进行着一种谜似的什么，对于这谜，我得找出一个确实的解答……

"……整晚不曾入睡，头痛。为什么还要写呢？今儿他走得那么快，可是我正想跟他谈话呢……他几乎好像在躲避我。是的，他是在躲避我。

"……答案找到了，事情已经明白！上帝呀！怜悯我吧……我爱他！"

十七

　　就在那一天，当叶琳娜在自己的日记上写下那最后的决定性的话语的时候，英沙罗夫正坐在伯尔森涅夫的房里，伯尔森涅夫则站在英沙罗夫面前，脸上带着困惑的表情。英沙罗夫刚宣布要在翌日回莫斯科去的决定。

　　"怎么！"伯尔森涅夫叫道，"夏天最美丽的时候刚刚开头呢！您回莫斯科去做什么呢？多么意想不到的决定呀！也许，您得到了什么消息吗？"

　　"我没有得到什么消息，"英沙罗夫回答，"可是，我把事情仔细想了想，我是不能再留在这里了。"

　　"这怎么成呢？……"

　　"安德烈·彼得罗维奇，"英沙罗夫说道，"做好事，别勉强我，我求您。离开您，我自己也很难过，可是，没有办法。"

　　伯尔森涅夫定睛地注视着他。

　　"我知道，"他终于说，"那是没法勉强您的。那么，事情就算决定了?"

"绝对决定了!"英沙罗夫回答,就站起来,走了出去。

伯尔森涅夫在房间里踱了几步,于是,拿起帽子,就往斯塔霍夫家去了。

"您有什么事情告诉我?"当屋子里只剩他们两人的时候,叶琳娜马上问他。

"是的。您怎么猜到的?"

"没有关系。请说吧,是什么事?"

伯尔森涅夫将英沙罗夫的决定告诉了她。

叶琳娜的脸变得惨白了。

"那是什么意思?"她困难地说道。

"您知道,"伯尔森涅夫说,"德米特里·尼卡诺雷奇对于自己的行动向来是不喜欢解释的。可是,据我想……我们坐下吧,叶琳娜·尼古拉耶芙娜。您好像不大舒服……我想,我也许可以猜到这种突然走开到底是为了什么。"

"什么,为了什么?"叶琳娜照样说,不自觉地把伯尔森涅夫的手紧紧地握在自己的已经冰冷的手里。

"唔,您瞧,"伯尔森涅夫开始说,忧郁地一笑,"叫我怎样跟您解释呢?我得回溯到去年春天,那时候,我跟英沙罗夫才刚刚亲密起来。当时,我常在一个亲戚家里碰到他,那家有一个女儿,一个很漂亮的少女。据我看,英沙罗夫对她是有些兴趣的,我并且把这感觉对他说了。可是,他却大声笑了,回答我说,我错了。他说,他的心是不会迷失的,可是,如果有那么一类的事情发生,他就会立刻走掉,因为——用他自己的话说——他不愿意为了个人情感的满足就不忠于自己的事业和自己的义务。'我是一个保加利亚人,'他说,'我不需要一个俄国女人的爱。'……"

"唔……那么……您以为现在……"叶琳娜低语着,不由自主地转过头去，好像在准备接受一个打击，可是，仍然不放松那已经牢牢握住的手。

"我以为，"他说，声音低沉了，"我以为那时我所猜想的事，现在是果真发生了。"

"那就是说……您以为……啊，别折磨我！"叶琳娜不由自主地叫了。

"我以为，"伯尔森涅夫急忙继续道，"英沙罗夫现在爱上了一个俄国少女，而为了忠于他自己的誓言，他就决心走掉。"

叶琳娜把他的手握得更紧，她的头也垂得更低，好像是，她想要对一个外人隐藏那突然涌到她整个面孔和颈项上来的燃烧似的羞愧的红晕。

"安德烈·彼得罗维奇，您真像天使般的善良啊，"她说，"可是，您看他会来跟我们告辞吗？"

"据我看，他会来的，他一定会来的。因为，他并不情愿离开……"

"告诉他，请告诉……"

可是，在这里，那可怜的少女却无法自持了。眼泪如泉水般地涌出她的眼睛，她跑回自己的房里去了。

"那么，她就是这样爱着他的呀，"在缓步回家去的路上，伯尔森涅夫想道。"这可是我意料不到的，我没有料到她的爱情已经这样深。她说，我是善良的，"他继续回想着，"可是，谁知道是怎样的情感、怎样的动机驱使我把这些告诉叶琳娜的啊！不是善良，啊，不是善良。不过是那可诅咒的欲望，想来确定匕首究竟是不是刺在伤处罢了。我也该满足啦——他们互相恋爱，我给他们帮了大忙……'科学和俄国大众间的未来中介人'，舒宾这么称呼过我，好像是，我生来就命定要做个中介人的。可是，也许是我弄错了吧？不，我不会错的……"

安德烈·彼得罗维奇的心是酸苦的，劳默尔再也不能钻进他的脑子里去了。

翌日二时，英沙罗夫来到斯塔霍夫家，像是有谁故意安排了似的。恰好这时在安娜·瓦西里耶芙娜的客厅里坐着一位客人，一位近邻的牧师太太。这是一位极好的、极可尊敬的太太，只是曾经和警察方面发生过一点点小纠纷。因为这位太太想着要在赤日当头的正午跳到一个路旁的小塘里去洗澡，而这条路，则正是一位颇显赫的将军的家族常要经过的。有个局外人在场，在最初，对于叶琳娜甚至是一种帮助，因为一听到英沙罗夫的脚步声，她的面孔立刻失去所有的血色。可是，一想到他也许不及和她单独谈一句话就会走掉，她的心又沉落下去。他，好像也有些心乱，并且闪避着她的目光。"他真会马上就告辞吗？"叶琳娜想着。确实，英沙罗夫正要转身和安娜·瓦西里耶芙娜辞行。叶琳娜却急忙站了起来，把他唤到窗口去。牧师太太吃了一惊，也想转过身来。可是她的腰却束得那么紧，每动一下她的胸衣就吱吱地响，于是就只好不动了。

"听我说，"叶琳娜急促地说道，"我知道您为什么来的。安德烈·彼得罗维奇已经把您的决定告诉了我。可是，我请您，求您，今儿别跟我们辞行吧。明儿早点儿来——十一点钟左右。我得跟您说一两句话。"

英沙罗夫默默地低下了头。

"我不会留下您的……您答应我吗？"

英沙罗夫又低下头来，可是，什么也没有说。

"列诺奇卡，这儿来，"安娜·瓦西里耶芙娜叫道，"瞧牧师太太有个多么漂亮的手提袋哟！"

"我自家儿绣的呢。"牧师太太答应着。

叶琳娜从窗口走过来。

英沙罗夫在斯塔霍夫家停留了不过一刻时光。叶琳娜偷偷地注意着他。他在座位上不安地移动着。和以前一样，他不知道把眼睛朝哪儿望去的好。而忽然之间，他就奇特地、一下子走掉了，好像是忽然消失了。

这一天，在叶琳娜看来，过得很慢。那悠长的、悠长的夜，尤其过得迂缓。叶琳娜有时坐在床上，两手抱膝，头也支在膝上；有时，她又走向窗前，把燃烧的前额紧贴着寒冷的玻璃，想着，想着，把同样的思想反复想着，直到自己完全疲倦。她的心好像已经变作了化石，又像已从她的胸腔消逝，她已经不能感觉它的跃动了。只有热血在她的脑子里痛苦地汹涌着，她的头发令她感觉像在燃烧，嘴唇烧得发干。"他会来的……他还没有跟妈妈辞行……他不会欺骗……难道安德烈·彼得罗维奇的话是真的？那是不会的……他没有答应过他会来……难道我会和他永别了吗？"——这种种思想从来不曾离开过她，实实在在地不曾离开过她——它们并不是去了又来，来了又去，它们只是在她的脑海里一直盘旋，如同一团迷雾。"他爱我！"——这思想忽然闪光似的掠过她的全身，于是，她就直直地凝注着黑暗。一抹秘密的、谁也看不见的微笑，使她的嘴唇分开了……可是，她又急忙摇了摇头，把手反扣在颈后，而那些旧的思想，就再一次在她的周围迷雾似的笼罩着了。在晨前她才解衣就寝，可是，她不能入睡。第一线强烈的阳光射入了她的房里。……"啊，如果他真爱我啊！"她突然叫起来，张开自己的手臂，虽然有那照耀着她的全身的阳光，她也不觉羞赧……

她起了床，穿上衣服，下楼去。屋子里还没有一个人醒来。她走进花园，但在花园里，一切却是那样平静、青翠而且新鲜。鸟儿们是那么自得地啭着歌喉，花儿也都那么喜悦地凝视着，使她感觉着惊愕。"啊！"她想着，"如果是真，那么就没有一草一叶会像我这么幸福啦。可是，这会是真的吗？"她回到自己房里，为了消磨时间，就开始换衣裳。可是，所有一切都从她的手边滑掉了。当她被喊去喝早茶的时候，她还只是衣衫半整地立在妆台前面。她下了楼，母亲看出她的面色苍白，可是却仅仅说道："你今儿多有趣儿呀！"在端详了她一会以后，又继续说道："这衣裳，你穿着真合适。你要想给人好印象，就该老是穿这件衣裳。"叶琳娜没有回答，落座在一个角落里。同时，钟已敲过九下，离十一点还有两小时呢。叶琳娜一会儿读读书，一会儿绣绣花，一会儿又拿起书来。于是，她给自己约誓着，要在那同一条林荫道上来回走一百次，并且果真走了一百次。于是，许久许久，她看着安娜·瓦西里耶芙娜在那里无聊地玩着纸牌……再望一望钟，还不到十点呢。舒宾来到了客厅。她想跟他谈谈话，并且求他原谅她，原谅什么，她自己也不知道……她所说出的每一个字并不一定使她感觉吃力，但是，却在她心里引起一阵迷惘。舒宾俯身向她。她想着他定会给她做出个什么怪相，于是抬起眼来，可是，在她眼前出现的却是一副悲哀而同情的面孔……她向那面孔微笑了。舒宾也向她默默微笑，然后，轻轻走开了。她想留他，可是，一时却记不起该怎样称呼。终于，十一点敲了。她开始等着，等着，而且谛听着。她再也不能做什么了。她甚至停止了思念。她的心又活跃了，开始猛烈地、高声地跳着。说来奇怪，时间却开始飞也似的过去。一刻钟过去了，半小时过去了，也许又过去几分钟了吧？叶琳娜想着，可是，她忽然一怔：时钟并不是敲着十二点，却在敲着一点！"他不会来了，他不辞而别了……"这思想，随着血液，冲上她的脑里来。她感觉着她的呼吸将要窒塞，她几乎就要抽咽起来……她跑回自己的房间，就倒在床上，把脸藏在紧握的双手里。

她一动不动地躺了半小时，眼泪从她的指缝里淌到枕上。突然，她抬起身子，坐起来。一种奇特的思想浮现在她的心里——她的面容变了；她的润湿的眼睛干了，而且发出了光彩；她的眉毛蹙了，嘴唇也咬得更紧。又是半个钟头过去了。叶琳娜最后一次竖起她的耳朵：那熟识的声音是否在向她飘来？她站起来，戴上帽子，套上手套，披上披肩，于是，在人们不注意的时候溜出屋子，沿着通向伯尔森涅夫寓所的道路，快步走去。

十八

叶琳娜低垂着头，眼睛毅然直视，向前走着。她什么也不害怕，什么也不顾忌。她只要再见英沙罗夫一面。她向前走着，没有注意到太阳早已隐入浓黑的云端。风在树间阵阵怒吼，扯乱了她的衣衫。尘阵也突然飞扬起来，在路上回旋滚动……大滴的雨点落下来，她也没有注意。可是，雨下得更骤、更猛了，天空扯着闪，响着雷。叶琳娜停下来，环顾四周……幸而在离开暴风雨袭击她的地方不远，一口荒废的井旁，有一座年久颓败的小教堂。叶琳娜向教堂奔去，躲在低矮的檐下。大雨洪流般倾泻着，整个天宇完全暗淡。以无言的绝望，叶琳娜凝睇着那急雨的密网。和英沙罗夫再见一面的最后希望，在她的心头消逝了。一个贫苦的老乞妇也走进小教堂里来，自己抖了抖身子，鞠了一躬，说道："这么大的雨，还到外面来啊，好姑娘。"于是，叹息着，呻吟着，坐到井台旁边。叶琳娜探手到自己的口袋里。老妇人看出这个动作，于是，她那皱缩而惨黄的然而曾经是美丽的脸，就闪出光彩来。"多谢你，善心的小姐，我亲爱的！"她开始说。不巧，叶琳娜的口袋里没有带着钱袋，可是，老妇人的手已经伸出来了……

"我没有带钱，姥姥，"叶琳娜说，"可是把这个拿去吧，也许会有点儿用的。"

她把自己的手绢给了她。

"啊——啊，我美丽的姑娘，你把你这小手绢儿给我做什么呢？给我孙女儿做陪嫁用吗？上帝报答你的好心！"

一阵暴雷响过。

"啊，救主耶稣基督！"乞妇喃喃着，给自己画了三次十字。"可是，我不是在哪儿见过你的吗？"略略停顿之后，她又说，"你不是曾经用基督的名义给过我布施的吗？"

叶琳娜瞅了老妇人一眼，认出她来了。

"是的，姥姥，"她回答说，"可是你问过我为什么那么忧愁？"

"是的，亲爱的，是的。我就是这样认识了你的。此刻，你好像也有点儿伤心，也有点儿忧愁吧？瞧，你的小手绢儿还是湿的呢，可不是泪花儿浸湿了的？哎，你们年轻姑娘们呀，全都有这种忧愁，这种可怕的苦难！"

"什么忧愁呢，姥姥？"

"什么忧愁？哎，我的好小姐，你瞒不了像我这样的老婆子的！我知道你心里为什么难受。你的忧愁可并不特别。真的，我亲爱的，我自个儿也年轻过来的呢，我自个儿也亲自尝过那种苦恼。真的，为了报答你的好心，我给你说说吧。你找着个好人啦，那不是个轻浮男子，你就抓住他一个人吧。死死地抓住他。如果成，就成啦；不成，那也是上帝的旨意。是的。你望着我奇怪吗？我就是个算命的呢。我就把你的苦恼跟你这小手绢儿一齐带走吧，好吗？我把它带走，也就完啦。瞧，雨小了。你再待一会儿吧，我可得走啦。我给淋得精湿，这也不是第一回。记着吧，我亲爱的：你有忧愁，那忧愁可是完啦，你会再也记不起它啦。啊，慈悲的上帝，怜悯我们吧！"

乞妇从井边站起来，出了教堂，就缓缓走上了自己的路。叶琳娜迷惘地目送着她。"这是什么意思呢？"她不由自主地喃喃着。

雨渐渐稀了，停了。太阳一时也从云端里显露出来。叶琳娜正要离开自己的避雨处，忽然，在离开教堂十来步远近的地方，她看见了英沙罗夫。他裹着一件外衣，正在叶琳娜走过来的路上走着。他好像是在赶回家去。

她不能支持了，用手抓住台阶上腐旧的栏杆。她要呼唤他，可是，叫不出声来……英沙罗夫头也不抬，已经走过去了……

"德米特里·尼卡诺雷奇！"她终于喊道。

英沙罗夫猝然止步，转眼四顾……在这第一个刹那，他并没有认出叶琳娜来，可是，马上，就朝着她的身边走了过去。

"您，您在这儿！"他也叫了。

她默默地退回到小教堂里。英沙罗夫跟随着她。

"您在这儿！"他又叫道。

她仍然沉默着，只是以一种呆滞的然而温柔的目光，凝视着他。他垂下了眼睑。

"您从我们家来？"她问他。

"不是……不是从你们家来。"

"不是？"叶琳娜重复说，想要露出一个微笑，"您就是这样履行您的诺言的吗？我从清早起，就等着您。"

"我昨儿并没有答应过您，叶琳娜·尼古拉耶芙娜，如果您还记得。"

叶琳娜再一次勉强地微笑了，于是，把手掩住了脸。她的手和脸都是那么苍白。

"看起来，您是安心跟我们不辞而别？"

"是的。"英沙罗夫粗声地，几乎是厉声地说。

"什么？在我们既已成了朋友，在我们已经谈过那些话，在所有这一切以后……那么，要是我今儿没有恰好在这儿碰上您（叶琳娜的声音开始发抖了，她停止了片刻）……您就真会那么样就走了，连跟我最后一次握握手也不会，并且，您心里也不会难过……"

英沙罗夫转过头去。

"叶琳娜·尼古拉耶芙娜，请别那么说，我求您。就是您不那么说，我也够难受的了。相信我吧，我的决定费了我很大的气力。要是您知道……"

"我不要知道，"叶琳娜突然感到恐怖，打断了他的话，"我不要知道您为什么要走……看起来，那是必要的。看起来，我们是不能不分别的。您不会无端地叫您的朋友心里难过。可是，既然是朋友，难道能够像这样分别的吗？我跟您，正是朋友，不是吗？"

"不是！"英沙罗夫说。

"什么？……"叶琳娜喃喃地说。她的双颊不由自主地罩上了红晕。

"就因为我们根本不是朋友，我才不能不离开。请不要逼我说出我不愿意说的我也不会说出来的话吧。"

"往日，您对我可是坦白的，"叶琳娜略带嗔怒地说，"您记得吗？"

"那时候我可以坦白，那时，我没有什么要隐瞒的。可是现在……"

"可是现在？"叶琳娜问。

"可是现在……现在我得走了。再见！"

如果在那一瞬间，英沙罗夫抬起眼来望一望叶琳娜，他就可以看出，当他自己蹙眉苦恼之际，她的面容却一时比一时变得更为光彩了。可是，他却一直固执地注视着地面。

"唔，再见了吧，德米特里·尼卡诺雷奇，"她开始说，"可是，我们既然已经碰见了，现在，至少，请把您的手给我吧。"

英沙罗夫正要伸出手来。

"啊，不，连这，我也不能。"他说，于是，再一次转过身去。

"您不能吗？"

108

"不能。再见吧。"

他于是朝教堂的出口走去。

"等一等，"叶琳娜说，"您好像害怕我。可是，我比您更勇敢。"她补充说道，一阵隐隐的战栗突然扫过她的全身，"我可以告诉您……可以吗？……您怎么会在这儿碰见我？您可知道我要上哪儿去？"

英沙罗夫愕然注视着叶琳娜。

"我正要上您那儿去。"

"上我那儿去？"

叶琳娜掩住了自己的脸。

"您是要逼着我说：我爱您！"她低语着，"现在……我说出来啦。"

"叶琳娜！"英沙罗夫喊道。

她垂下手来，望了他一眼，就投入了他的怀抱。

他紧紧地拥抱着她，沉默着。他用不着告诉她说他是爱她的。单从那一声叫唤，从他整个人的立刻变形，从她那么信任地偎依着的那胸脯的起伏，从他的手指在她头发上做的爱抚，叶琳娜就可以感到自己是被爱着的。他保持着沉默，而她也不需要言语。"这里是他，他爱我啦……还需要什么？"完全的幸福的平静，在暴风雨之后获得了安全港似的平静，达到了最终目的地似的平静，就是对于死亡本身也能赋予意义和美丽的那非人间的平静，以其神圣的波澜，充溢着她的整个灵魂了。她什么也不要求，因为她已经获得了一切。"啊，我的兄弟，啊，我的朋友，啊，我亲爱的！"她的嘴唇轻语着。她自己也不知道，那一颗在她的怀里那么幸福地跳着而且融化着的心，到底是他的，抑或是她的。

他一动不动地站着，在自己的强有力的怀抱里拥着这向他委身的青春的生命，在心头感觉着新奇的、无限珍贵的负荷。一种强烈的柔情，一种不可言说的感激，将他的坚强的灵魂碾成了粉末。他从来还不曾体验过的眼泪在他的眼里迷漫着了……

但她却不曾哭泣。她只是不断地重复道："啊，我的朋友！啊，我的兄弟！"

"那么，你会随着我，到任何地方？"一刻钟以后他对她说，仍然把她拥在自己的怀里，支助着她。

"任何地方，天边，地极！你到哪里，我也到哪里。"

"你不是在欺骗自己？你知道你父母永远也不会同意我们的婚姻？"

"我不是在欺骗我自己。父母不会同意，我也知道。"

"你知道我贫穷，几乎是个乞丐？"

"我知道。"

"你知道我不是俄国人，我的命运不容我住在俄国，你将不能不和你的祖国、你的亲人，断绝一切联系？"

"我知道，我知道。"

"你也知道我已经献身给那艰苦的、得不到回报的事业，我……我们不仅要经历危险，也许还要忍受贫困、屈辱？"

"我知道，一切我都知道……我爱你！"

"你知道你将不能不抛弃你所习惯的一切，在那边，独自一人，生活在陌生人中间，也许不能不亲手操作……"

她用手掩住了他的嘴唇。

"啊，我爱你，我的亲人！"

他开始热烈地吻着她的纤细的、蔷薇色的手。叶琳娜并不把手从他的唇边拿开，只是以孩子般的欢喜，以好奇的微笑，看着他热烈地亲吻着，一时吻在她的掌上，一时吻着她的指尖……

忽然，她感觉羞愧了，把自己的脸藏到他的胸前。

他温柔地托起她的头来，直视着她的眼睛。

"那么，欢迎呀，"他对她说，"我的妻，在人们和上帝面前！"

十九

　　一个钟头以后，叶琳娜，一手挽着帽子，一手搭着披肩，缓缓地走进别墅的客厅里来。她鬓发微乱，两颊各有一朵小小的红晕，微笑仍然老不离开她的唇边。她的眼睛眯着，半隐在睫毛底下，它们也在微笑。由于疲倦，她几乎走不动了，可是，这疲倦却使她感觉愉快。老实说，所有一切，全都使她感觉愉快。一切她都觉得是那么可爱，那么温存。乌发尔·伊凡诺维奇正坐在窗前。她走上前去，把手搁在他的肩头，微微俯下身去，不知道为什么，不自主地笑了。

　　"笑什么?"他吃了一惊，问道。

　　她不晓得要说什么。她心里想吻一吻乌发尔·伊凡诺维奇。

　　"就这么……"她终于说了。

　　可是，乌发尔·伊凡诺维奇连眼也不眨，只是一直奇怪地盯着叶琳娜。她把帽子和披肩全都放到了他身上。

　　"亲爱的乌发尔·伊凡诺维奇，"她说道，"我要睡啦，我倦啦。"于是，又笑起来，沉到他身边的一把安乐椅里。

"哼，"乌发尔·伊凡诺维奇咕噜着，开始扭动着手指，"那么，就该，是的……"

叶琳娜却望了望自己的周围，想道："不久以后我就得和这一切分别啦……也真奇怪，我没有恐惧，没有疑惑，也没有惋惜……不，我是为妈妈伤心的！"于是，那小教堂又在她心里浮现了，他的声音又在她心里回响了，她感觉着他的手臂拥抱着自己的身体。她的心快乐地跳着，可是，却是那么微弱：幸福的困倦使她感到了重压。她记起那年老的乞妇来。"她真把我的忧愁全带走了呢，"她想着，"啊，我是多么幸福！多么过分地幸福！幸福是来得多么快啊！"只要她稍稍地放任自己一点儿，她就会倾流出甜蜜的、无休止的眼泪来啦！她只能用笑来抑制它们。无论她做出一个怎样的姿态，她都觉得那是最自然的，最安适不过的。她好像是躺在一个摇篮里了。所有她的动作全都是缓慢的、温柔的。以前的那种急躁，那种僵硬，到什么地方去了？卓娅进来了。叶琳娜觉得她确实从来也没有见过比这更迷人的小脸儿。安娜·瓦西里耶芙娜也进来了。叶琳娜感到一阵心痛，可是，却用怎样的柔情拥抱了她亲爱的母亲，并且，吻了她那已近斑白的鬓发旁边的前额啊！于是，她回到自己的房里。在这里，一切也是怎样在向她微笑啊！她是以怎样的羞赧的胜利感，以怎样的平寂的心情落座在那张小床上了啊！不过三小时以前，也就是在这张床上，她还经受过多么苦恼的一些时刻。"唔，就在那时候，我也晓得他是爱着我的呢，"她心里想着，"是的，就是在那以前……啊，不！不！那是罪过。'你是我的妻……'"她低语着，用手掩住面孔，跪下了。

傍晚的时候，她变得更为沉思。想到不能马上再看见英沙罗夫，她就感到悲哀了。他如果还留在伯尔森涅夫那里，那是不能不引起怀疑的，所以，他和叶琳娜就像这样决定了：英沙罗夫先回莫斯科去，在秋天前，再来看她们两回；而她呢，也约定了时常给他写信，如果可能，就和他在昆采沃附近的地方约会。在喝茶的时候，她下到客厅里来，发现全家的人和舒宾都在那里。当她一出现的时候，舒宾就狠狠地望了她一眼。她想和以前一样，跟他朋友似的说说话儿，可是，她却害怕他的锐利的观察，同时，也害怕她自己。她觉得，这两星期来他不来打扰她，绝不是没有缘由的。不久，伯尔森涅夫也来了，转致了英沙罗夫对安娜·瓦西里耶芙娜的问候，并且，代达了他不及辞行就回莫斯科去的歉意。在那一天，这是叶琳娜第一次听到英沙罗夫的名字。她感到自己的脸红了一红，同时，她也觉察到对于这么好的一位相识者的突然离别，自己也应当表示一下惋惜。可是，她不能勉强自己装假，只好继续不动也不言地坐着。而安娜·瓦西里耶芙娜却不断叹息着，并且感到遗憾。叶琳娜只想挨近伯尔森涅夫。她不怕他，虽则他甚至知道她的一部分秘密。在他的翼护之下，她可以逃避舒宾的固执的盯视——虽然那盯视并不是嘲笑的，而是关切的。伯尔森涅夫，在那一晚，也迷惘起来了。他本来料想着叶琳娜会更忧郁一些的。幸而在他和舒宾之间发生了一场关于艺术的争论。她坐在旁边，听着他们的声音好像是从梦里透了过来的一样。慢慢地，不只他们，连整个房间，她周围的一切，也都恍如一梦了。所有的一切：桌上的茶炊，乌发尔·伊凡诺维奇的短坎肩，卓娅富有光泽的指甲，墙上康斯坦丁·巴甫洛维奇大公的油画肖像，所有这一切都遥远了，一切都迷失在雾里，一切都不再存在了。只是，她对这一切却感到可惜。"这一切存在是为了什么呢？"她想。

"你要睡了吧，列诺奇卡？"她母亲问她。

她却听不见母亲的问话。

"半真半假的暗示吗，你可是说？……"这几个字，被舒宾尖锐地叫了出来，忽地惊醒了叶琳娜的注意。"咳，"他继续说道，"整个趣味就在这里呀！完全真实的暗示叫人丧气——那是不人道的；完全不真实的暗示，别人不睬你——那是傻的；可是，半真半假的暗示那才叫人不耐烦，叫人生气呢。比方说吧，如果我说叶琳娜·尼古拉耶芙娜是爱上了咱们俩中间的某一个，那算是怎样的一种暗示呢，呃？"

"啊，保尔先生[1]，"叶琳娜说道，"我倒真想跟您生生气，可是，老实说，我可没有那份气力。我疲倦得很呢。"

"那你干吗不去睡觉呢?"安娜·瓦西里耶芙娜说，她自己一到晚间就老爱打瞌睡，所以，也总想把别人打发去睡觉，"跟我说晚安吧，上帝祝你安睡。安德烈·彼得罗维奇会原谅你的。"

叶琳娜吻了吻母亲，和大家行过礼后，就走了。舒宾陪着她走到门口。

"叶琳娜·尼古拉耶芙娜，"在门槛上，他对她低声说，"您尽管折磨保尔先生，尽管把保尔先生无情踩践。可是，保尔先生却祝福您，和您的小脚儿，和您的小脚儿上的小鞋儿，和您的小鞋儿上的小鞋跟儿。"

叶琳娜耸耸肩膀，无可奈何地向他伸出手——不是英沙罗夫曾经吻过的那只手——就走进房里，马上解衣上床，睡着了。她的睡眠是深甜的、宁静的……就是小孩子也少有像那样安甜的睡眠，只有病后复原的婴孩，有母亲守护在摇篮旁边，凝视着他、谛听着他的呼吸的时候，才能够像这样睡眠。

---

[1] 原文为法文。

二十

　　“到我房里来一会儿吧，”在伯尔森涅夫刚和安娜·瓦西里耶芙娜道过晚安之后，舒宾就对他说，“我给点儿东西你瞧。”

　　伯尔森涅夫随着他来到他的小房间。他大为惊讶地看见，有许多的习作、立像和胸像，用湿布掩盖着，罗列在房间的各个角落里。

　　“啊，我看你这一向是用功得很哪！”他对舒宾说。

　　“一个人总得干点儿什么的，”舒宾回答说，“一件事不成，就得试试另一件。可是我，倒真像个道地的科西嘉人，把复仇看得比纯艺术更重要。[1] 战栗呀，比桑齐亚！[2]”

　　“我不明白你。”伯尔森涅夫说。

　　“好，等着吧。我亲爱的朋友和恩人，请朝这边看吧，我的复仇第

---

[1] 在科西嘉人中间，曾经流行仇杀的风气。

[2] 原文为意大利文。语出意大利作曲家唐尼采蒂（1797—1848）所作歌剧《贝利萨里奥》。

一号。"

舒宾揭开一座塑像，伯尔森涅夫看见一座绝妙的英沙罗夫胸像，和本人极其神似。那面部的特征，舒宾捕捉得极其准确，而且十分细致，并赋予它极优美的表情：诚实、崇高、勇敢。

伯尔森涅夫不禁大大地雀跃了。

"这真妙极啦！"他叫道，"我祝贺你。这简直可以送去展览了！你为什么把这辉煌的杰作叫作你的复仇呢？"

"因为，老兄，我是预备把这个承您过誉的所谓的辉煌的杰作送给叶琳娜·尼古拉耶芙娜，作为她的命名日礼物的。您可明白其间的寓意吗？我们不是瞎子，我们看得见在我们身边发生的事情，可是，我们是绅士，我亲爱的老兄，所以，我们就得像绅士那样复仇。"

"可是，这儿，"舒宾接着说，又揭开另一个小塑像，"依照现代的美学原则，艺术家既可以享受那种可羡慕的特权，在自己身上体现各种的丑恶，把它们变成艺术创造的珍品，那么我呢，在这一艺术珍品里，在复仇第二号里，就完全不是绅士式，而干脆是<u>流氓式</u>[1]了。"

他敏捷地揭开了盖布，于是在伯尔森涅夫眼前出现了一座丹唐风格的小立像，塑造的也是那同一个英沙罗夫。再也想象不出比这更聪明、更刻毒的东西了。那青年保加利亚人被表现成一只竖起前腿、举角待触的公羊。可笑的庄严、傲慢、顽固、愚蠢、偏狭，在那"细毛母羊之佳偶"的面相上，可以说表现得不遗毫发，而同时，它和英沙罗夫却又是那么相像。不容疑惑，这使伯尔森涅夫不禁哈哈大笑。

"怎么样？有趣吗？"舒宾说道，"认识这位英雄吗？是不是主张把这个也送去展览展览？这一个，我亲爱的老兄，是预备留给我自己，作为我自己的命名日的礼物呢……亲爱的阁下，请让我开这么一次玩笑吧！"

---

[1] 原文为法文。——原注

舒宾跳了三跳，鞋跟在自己的臀部踢了三下。

伯尔森涅夫从地上把盖布拾起来，仍然扔到那塑像上去。

"啊，你，你真大量，"舒宾开始说，"在历史上，哪一位是以特别大量著称的呢？那且别管！可是，现在，"他继续说，庄严而又悲哀地揭开了第三堆较大的黏土，"从这里你可以看出，你的朋友不才我，该是多么谦逊，该有着怎样的识力。同时，你也可以看得出，不才我，作为一个真实的艺术家，又是怎样深觉着自我鞭挞的必要和好处！请看！"

盖布揭开了，伯尔森涅夫于是看见两个头，紧紧挨着，好像原来就是长在一起似的……一时间，他完全迷惘了，不知道是怎么一回事，可是，仔细看过之后，他这才认出一个是安奴什卡，另一个，则正是舒宾自己。然而，这与其说是肖像，倒不如说是漫画。安奴什卡被画成一个肥胖的漂亮女郎，前额低促，眼睛眯在厚重的脂肪层里，鼻子则活泼地翘着。她的肥厚的嘴唇傲慢地微笑着，整个面部表现着情欲、放荡和大胆，虽然也不缺乏忠厚。至于舒宾自己，则被塑成一个憔悴不堪的色鬼，两颊塌陷，稀薄的头发无力地低垂在脸上，眼光暗淡，做出漠然的表情，鼻子尖得像死人的鼻子一般。

伯尔森涅夫恶心地转过头去。

"很妙的一对儿呢，是不是，老兄？"舒宾说道，"您可否赐个合适的题目呢？那两个，我已经想好题目了。胸像可以题作《志在拯救祖国的英雄》。立像可以题作《当心腊肠贩子》。这一个呢，你觉得这样题题如何？——《艺术家巴威尔·雅可夫列维奇·舒宾之将来》……过得去吗？"

"得了吧，"伯尔森涅夫回答说，"值得浪费时间在这种……"一时他想不出适当的字眼来。

"你是想说：叫人作呕的东西吗？不呢，好兄弟，原谅我，如果真有什么东西值得送到展览会去，那就该是这一座群像。"

"真是叫人作呕，"伯尔森涅夫重复说，"况且，这不是胡来吗？向这方面发展的倾向，到目前为止，在我们的艺术家身上，不幸是很多的。可是，在你身上，却绝对没有。你可真是自己糟蹋自己啦！"

"你觉得那样吗?"舒宾阴郁地说，"如果我一直没有这种倾向，而今后竟有了的话，那也只是由于……一个人。你可知道，"他补充说，眉头悲惨地皱了，"我已经在试着喝酒。"

"撒谎的吧?!"

"我试过，真的，我试过，"舒宾说着，忽地又微笑了，容光焕发起来，"可是，那可不是味儿，兄弟，灌到喉咙里去，难受极啦，往后，脑袋里就像擂鼓一样！伟大的鲁西亨——莫斯科最伟大的酒徒，据有些人说，还是大俄罗斯最伟大的酒徒哈拉姆皮·鲁西亨——他自己就对我宣称过，我是怎么也出息不了的。据他的说法，酒瓶就跟我太没缘分。"

伯尔森涅夫正要去把那座群像打翻，可是舒宾却阻止了他。

"算了吧，老兄，别毁了它，留着给我作一次教训，作个吓鸟儿的草人也是好的呢。"

伯尔森涅夫笑了。

"既然这样，好吧，我就饶了你的草人吧，"他说，"永久的纯艺术万岁！"

"万岁！"舒宾也叫起来，"因为艺术，好的会更好，不好的，也不全糟！"

两位朋友热烈地握了手，就分别了。

二十一

　　醒来之后，叶琳娜的第一个感觉就是一种愉快的惊愕。"那是可能的吗？那是可能的吗？"她问自己。她的心因为幸福而迷醉了。回忆在她的心中汹涌……她感觉自己已被它们淹没。于是，那幸福的、感激的平静，又将她笼罩起来。可是，早晨过后，叶琳娜却渐渐感到不安的侵袭，而在以后的几天里，一直感觉着烦闷和倦怠。的确，现在她已经知道她需要什么了，可是，那也不能令她轻松，那永不能忘的会晤已经永远把她掷出生活的旧道了。她已经不是站在原来的地方，却已经远去了。可是，在她的周围，一切却仍然依着那原来的秩序，一切仍然遵循着那旧有的轨道，好像什么也不曾改变过。旧的生活照旧行进着，也照旧期待着叶琳娜的参加和合作。她试着给英沙罗夫写信，可是，连信也写不下去，话一经落到纸上，不是失去了生命，就是变成了虚假。她的日记，她早已在那最后的一行下面画上了一条粗线，作过结束了。那些都已成为过去，而她的一切思想，她的整个灵魂，现在都朝向了未来。她的心是沉重的。跟什么也没有猜测到的母亲坐在一块儿，听着她，回答她，和她谈话。在叶琳娜看来，这就好像是在犯罪。她感觉着自己的虚伪。她心里苦恼，虽然她没有做过什么可以赧颜的事。不止一次，有种几乎不可控制的欲望从她的心头涌起，她想把所有一切全无保留地说出来，不管以后会产生怎样的结果。"为什么呢，"她想，"为什么德米特里那时不就把我带出那个小教堂，带到他所要去的任何地方去呢？他可不是告诉了我，在上帝面前我是他的妻子了吗？我留在这儿干什么呀？"于是，她突然对任何人都羞怯起来，甚至对乌发尔·伊凡诺维奇也觉得羞怯。那肥胖的老人，近来是更现迷惑，手指也扭动得更多了。她周围的一切，在她看来，好像是既不可爱，也不可亲，甚至也不像梦境，却有如一个噩梦。它们以静止的、死一般的沉重，压在她的心上。一切都好像在斥责她，恼怒她，并且理也不愿意理她……"不管怎样，你究竟是我们的呀！"她好像听见说这样的话。甚至她的可怜的小动物们，那些受虐待的鸟兽，也是怀疑地、敌意地——至少，她自己是这样想的——瞪着她的。对于她自己的心情，她感觉着良心的不安和羞愧。"这总归是我的家呀，"她想道，"这总归是我的家人，我的祖国……""不，这再也不是你的祖国，不是你的家庭了。"在她心里，另一个声音又在这样坚持。恐怖的感觉控制了她，她对自己的软弱感觉懊恼。考验还才开始呢，怎么就能失去耐心？……难道这是她所应许过的态度吗？

她并没有很快就能控制自己。可是，一星期过去了，又一星期过去了……叶琳娜开始稍稍平静下来，习惯了自己的新的处境。她给英沙罗夫写了两封短信，并且亲自送到邮局去。也许由于害羞，也许由于骄傲，她怎么也不能把这样的事情信托给她的婢女。她已经开始期待着他本人的到来……可是，一个清朗的早晨，不是英沙罗夫，却是尼古拉·阿尔吉米耶维奇跑回家来了。

二十二

　　在退役近卫中尉斯塔霍夫家里，从没有人见过家主曾经像那样神情恶劣，而同时又是那么自信而且俨然。他穿着大衣，戴着帽子，端端正正地大踏步走进客厅里来，脚跟蹬得咚咚响。他走到镜子面前，把自己端详了好半天，摇了摇头，于是以凛然不可犯的严肃咬了咬嘴唇。安娜·瓦西里耶芙娜以显明的激动和隐秘的欢喜迎接他（她从来不能以另外的态度迎接他的）。他甚至连帽也不脱，也不向她问好，只是一言不发地让叶琳娜吻了吻他的羚羊皮手套。安娜·瓦西里耶芙娜问起他的治疗情况——他却全不理她。乌发尔·伊凡诺维奇出来了——他也只瞥了他一眼，给了他一声："呸！"对于乌发尔·伊凡诺维奇，他照例是冷淡而且倨傲的，虽则他也承认在他身上存在着"纯正的斯塔霍夫血统的痕迹"。众所周知，几乎所有的俄国贵族世家都相信特殊的、他们所独有的遗传特征之存在。我们不止一次地听到"在自己人中间"讨论着什么"波德萨拉斯金斯基式"的鼻子呀，或者"别列普列耶夫斯基式"的脖子呀之类的事情。卓娅也进来了，对尼古拉·阿尔吉米耶维奇请了安。

他咕噜了一声，就沉到一张安乐椅里，要了咖啡，只在这时才脱下帽子。咖啡送来了，他喝了一杯，于是，眼睛把在座的人依次扫了一过，这才从牙齿缝里透露一点儿消息："我请你们出去。"[1] 于是，又转向他的妻子，补充道："您呢，太太，我请您留下。"[2]

大家都离开了客厅，除了安娜·瓦西里耶芙娜以外。她的头已经激动得抖动起来。尼古拉·阿尔吉米耶维奇这种煞有介事的严肃，很使她吃了一惊。她期待着许有什么非常的事情。

"干什么呀？"门一闭上之后，她就喊道。

尼古拉·阿尔吉米耶维奇冷冷地扫了安娜·瓦西里耶芙娜一眼。

"没有什么特别的。您怎么马上就装出那种受罪的样子来啦？"他开始说，每说一个字都完全不必要地撇一下嘴。"我只是要预先警告您，今儿有个生客要在我们这儿吃饭。"

"谁呀？"

"库尔纳托夫斯基，伊戈尔·安德烈耶维奇。您不认识他。枢密院主任秘书。"

"今儿到我们这儿来吃饭？"

"是。"

"就是为了跟我说这个，您就把所有的人都打发出去？"

尼古拉·阿尔吉米耶维奇又扫了安娜·瓦西里耶芙娜一眼。这一回，却带着讽刺的意味。

"那就叫您奇怪？请稍等一等，再奇怪也不迟。"

他沉默了。安娜·瓦西里耶芙娜也暂时沉默起来。

"我倒很想……"她刚要开始说话……

"我知道，您历来就把我当作个'不道德'的人。"尼古拉·阿尔吉

---

[1] 原文为法文。——原注
[2] 原文为法文。——原注

米耶维奇突然也开始说道。

"我!"安娜·瓦西里耶芙娜嗫嚅着,吃了一惊。

"也许,您是对的。我并不想否认,事实上,有时候,我的确给了您对我不满的正当理由('我的灰马哟!'忽然在安娜·瓦西里耶芙娜的头脑里闪过这一念头)。可是,您,您自己也得承认,您当然也知道,像您那样的体质……"

"可是,我也并没埋怨您呢,尼古拉·阿尔吉米耶维奇。"

"也许吧。[1]无论如何,我并没有替我自己辩护的意思。时间会替我辩护的。可是,我认为我有义务向您证明:我知道我的责任所在,并且,我也知道怎样来顾全……顾全家庭的……那委托在我身上的家庭的……幸福。"

"说这些话是什么意思呢?"安娜·瓦西里耶芙娜想着。(她当然不知道,前晚在英吉利俱乐部吸烟室的一角里,关于俄国人缺乏演说才能的问题曾经引起过一场辩论。"我们中间有谁会演说呢?请举出一个来吧!"辩论者之一这么叫道。"诺,比方说,咱们就有斯塔霍夫。"另一个这么回答,还指了指尼古拉·阿尔吉米耶维奇。那时,他正站在旁边,高兴得几乎不曾大声叫出来。)

"比方说吧,"尼古拉·阿尔吉米耶维奇继续说,"就说我的女儿叶琳娜吧。您不以为她已经到了应该在人生的路上采取决定步骤的时候吗?……我是说,到了该当结婚的时候了。所有这些不着边际的空谈呀,慈善事业呀,好,固然是好,可是,总该有个限度,有个年龄的限制。到了她这样的年纪,也该摆脱掉那些乌烟瘴气,抛开那些什么艺术家呀、学者呀,以及黑山人[2]之流,像别人一样生活才是。"

---

[1] 原文为法文。——原注
[2] 即门的内哥罗人。主要分布在黑山,部分在塞尔维亚等地。此处所谓"黑山人",系指英沙罗夫。

"叫我怎样来理解您的话呢?"安娜·瓦西里耶芙娜问。

"唔,那么,就请您好好儿听着好了。"尼古拉·阿尔吉米耶维奇回答说,仍旧把嘴角拉了下来。"我可以明明白白地,不用绕弯儿地告诉您:我认识了,我深深了解了这位青年人——库尔纳托夫斯基先生,我希望,他可以做我的女婿。我胆敢这样想,当您看见他以后,您就绝不会怨我有所偏爱,或者判断轻率。(尼古拉·阿尔吉米耶维奇一边说,一边得意自己的雄辩。)他受过极优良的教育,帝国法学院毕业,人品极好,三十三岁,主任秘书,六等文官,颈子上挂的是斯坦尼斯拉夫勋章。您,我希望,总会平心静气地承认,我并不是那种丧心病狂、只想高攀的喜剧里的父亲[1]之类的人。可是,您自己就跟我说过,叶琳娜·尼古拉耶芙娜是喜欢实际的、有作为的人。那么,首先,伊戈尔·安德烈耶维奇在自己的事业上,就正是个挺有作为的能手;而在另一方面,我的女儿是醉心豪爽的行动的。那么,您就得知道,伊戈尔·安德烈耶维奇,当他一有了单靠自己的薪金就能过活的可能性。请您注意,可能性——的时候,他就马上,为了他的兄弟们的利益着想,把他父亲规定每年给他的那一笔钱,全都不要了。"

"谁是他父亲呀?"安娜·瓦西里耶芙娜问。

"他父亲?他父亲也是个在自己的事业上挺出名的人物,德高望重,一位真正的斯多葛派,[2]大概是一位已经退役的少校,是 B 伯爵所有的领地的经管人。"

"啊!"安娜·瓦西里耶芙娜脱口叫起来。

"啊!啊什么?"尼古拉·阿尔吉米耶维奇插嘴说,"您可是抱有什么成见?"

---

[1]原文为法文。——原注
[2]原文为法文。——原注(按:斯多葛派为古代奴隶占有制社会的一个哲学派别,转义为"坚忍不拔的人"。)

"唉，我什么也没有说呢。"安娜·瓦西里耶芙娜反驳说。

"不，您说过。您说：'啊！'……可是，无论怎样，我考虑再三，认为有把我的想法预先告诉您的必要，并且，我敢于认为……我敢于希望，我们该非常热烈地[1]接待库尔纳托夫斯基先生。他可不是那种没有来历的黑山人。"

"当然哪！我只要把厨子万卡叫来，叫他多预备两样菜就是啦。"

"您明白，我可不管那些。"尼古拉·阿尔吉米耶维奇说着，站起来，戴上帽子，一面吹着口哨（他听什么人说过，只有在别墅里或者在跑马场里，吹口哨才算得体），到花园里散步去了。舒宾从自己房间的小窗里望见他，就默默地向他伸了伸舌头。

在四点差十分的时候，一辆出租马车来到斯塔霍夫家别墅的阶前。一位先生，年纪还轻，仪表不俗，衣着大方而精致，落下车来，命令仆人前去通报。这就是伊戈尔·安德烈耶维奇·库尔纳托夫斯基。

翌日，在叶琳娜给英沙罗夫的信里，除了别的话以外，写了下面的话：

> 祝贺我吧，亲爱的德米特里，我有个求婚的人啦。他昨天在我们这儿吃饭。我猜想，是爸爸在英吉利俱乐部里认识了他，把他接了来的。当然，昨儿，他并不是以一个求婚者的身份到我们家来的。可是，善良的妈妈（爸爸已经把自己的心事告诉了她）却在我耳边偷偷地告诉了我这位客人的来历。他名叫伊戈尔·安德烈耶维奇·库尔纳托夫斯基，现任枢密院主任秘书。首先，我给你描写一下他的风采吧：身材中等，比你稍矮，风度甚佳；五官端正，头发剪得很短，满脸胡子；眼睛很小（跟你的一样），褐色，灵活；口扁阔；在眼里和唇上，常有照例的微笑，好像在做着例行的公事。

---

[1] 原文为法文。——原注

举止大方，说话也清楚，在他身上一切好像都十分准确——行动，谈笑，饮食，也全像在做着例行公事。"她把他研究得多么仔细啊"，也许，这时候，你是在这么想吧。是的，不研究清楚，怎样好来给你描写呢？况且，怎么能不研究自己的求婚人呢？在他身上有着钢铁般的……同时又是迟钝的、空虚的什么——并且，也很像个正人君子。据说，他的确是个正人君子呢。你，好像也是钢铁般的，可是，你却跟他不同。席间，他坐在我旁边，舒宾坐在我们对面。最初，谈话是关于商业经营一类的事情。据说，他对于企业经营很内行，曾经为了去经营一个大企业，几乎弃官不为。可惜，他并没有当真这样做！舒宾于是谈起戏剧。库尔纳托夫斯基先生就宣称（我得承认，他这么宣称，是全无虚伪的谦抑的），他对于艺术之类的事情一窍不通。这使我想起你来……可是，我又想道：不啊，德米特里和我对艺术的无知，是和这位先生大不相同的。这位先生好像就是说："我不懂艺术，而艺术也并不是必要的，可是，在一个秩序良好的国家里，艺术呢，却也可以容许。"然而，对于彼得堡社会和那般上流人[1]，他又好像不大看得上眼。他有一次甚至称自己为一个无产者。我们，他说道，我们是劳动者！我想道，如果德米特里说了这样的话，我就会不高兴的。可是，对于这一位呢，我且让他去说，让他去吹吧！他对我好像很殷勤，可是，我总觉得，这好像是一位很大很大的官儿，在给我一种屈尊的提携呢。当他想要称赞某人的时候，他总说，某某是一个知法度的人——这是他的口头禅。他好像很自信，勤勉，也能自我牺牲，（你瞧，我该是公平无私吧？）那就是说，能够牺牲自己的利益。可是，他终归是个大大的专制魔王。落到他的手里，那就够苦的啦！在席上，他们谈到了贿赂的事……

---

[1] 原文为法文。——原注

"我也知道，"他说，"在许多场合，受贿的人实在没有罪，因为，他也是没有办法。可是，如果被发觉了，也还是应当加以无情的惩治。"

我喊道："惩治一个无罪的人！"

"是的，为了原则的缘故。"

"什么原则呀？"舒宾问。

库尔纳托夫斯基像是恼了，又像是吃惊，只是说：

"那不用解释。"

爸爸好像是崇拜他的，就插嘴说，当然不用呀。可遗憾的是，谈话到这儿就打住了。晚间，伯尔森涅夫来了，和他展开了一场剧烈的辩论。我从来也没有见过我们的善良的安德烈·彼得罗维奇像那样激动过。其实，库尔纳托夫斯基先生也完全没有否认科学、大学等等的作用。可是，我还是了解安德烈·彼得罗维奇的愤懑的。那位先生把这一切全看作体操之类的玩意儿。饭后，舒宾到我这儿来，跟我说："这儿的这位和那另外的一位（他从来就不肯直说你的名字）都是讲求实际的人。可是，请看吧，多么不相同呀！那一位有着真实的、活的、献给生活的理想。可是，这一位呢，连义务感也没有，只是官僚气的正派和什么内容也没有的事业心罢了。"舒宾真聪明，我记住了他的话，好来告诉你。可是，在我看来，你们中间有什么相同的呢？你有信念，那一位，可没有，因为，一个人是不能仅仅信仰自己的。

他直到夜深才走。可是妈妈却还来得及告诉我，说那位先生很喜欢我。爸爸因此也喜欢得了不得……我可不知道他可曾说过我是个"知法度"的女子？我差不多要告诉妈妈，说我真是抱歉得很，因为我已经有个丈夫啦。爸爸为什么那么不高兴你呢？妈妈那方面，我想我们不久就有办法了……

啊，我的亲爱的！我这么不厌其详地给你描写这位先生，只是为了抑制我的苦恼。没有你，我不能生活。我不断地看见你，听见你……我期待着跟你见面，不是在我们家里，像你所打算的那样——想想吧，那会叫我们多么不安心、不痛快！可是，你当然知道，我写信告诉过你——就在那个树林里……啊，我亲爱的人！我多么爱你啊！

二十三

　　库尔纳托夫斯基作过第一次拜访之后，又过了三个星期。使得叶琳娜极为欢喜的，是安娜·瓦西里耶芙娜这时已经回到莫斯科，回到普列契斯金卡附近她的大木屋里来了。这屋子有廊柱，每个窗上饰有白色的竖琴和花束，有楼，有仆舍，屋前有花园，有一块宽大的草坪，坪里有一口井，井边有一间狗屋。安娜·瓦西里耶芙娜历年没有这么早就离开别墅的，可是，这一年，在初秋的第一习凉风吹来之际，她就牙痛起来。尼古拉·阿尔吉米耶维奇呢，在他这方面，因为治疗已经完毕，也就想念起夫人来，况且，奥古斯汀娜·赫利斯奇安诺芙娜已到列维尔去看自己的表妹去了。同时，有一个外国家族来到了莫斯科，正在表演什么优美体操造型，体操姿势造型[1]。《莫斯科新闻》上关于他们的描写，也大大地引起了安娜·瓦西里耶芙娜的好奇心。总之，在别墅里再住下去，是诸般不便的，而用尼古拉·阿尔吉米耶维奇的话来说，则是

－－－－－－－－－－
[1] 原文为法文。

和他的"原定计划"的执行根本不能两立。别墅生活的最后两星期,叶琳娜觉得分外悠长。库尔纳托夫斯基来过两次,都在星期日。在平时,他是忙不过来的。他本是为叶琳娜而来的,可是,多半却和卓娅谈话。卓娅是非常喜欢他的。"这才是真正的男子汉!"[1] 当她看着他那微黑的、刚毅的面孔,听着他那自信的、谦而不卑的谈话的时候,她就不断这么寻思着。在她看来,谁也没有那么美妙无比的声音,谁也不能像他那样漂亮地说:"我真荣幸……"或者"我真高兴极啦"。英沙罗夫没有到斯塔霍夫家来过。可是,叶琳娜却按照自己所安排的,在莫斯科河畔的小树林里和他秘密约会过一次。他们只能匆匆忙忙交换很少几句话。舒宾陪安娜·瓦西里耶芙娜回莫斯科去了。伯尔森涅夫几日之后也回到了城里。

英沙罗夫正坐在自己房里,第三次地研读着那些从保加利亚"捎来"的书信——他们不放心把书信从邮局寄递。这些信使他大为不安。在东欧,事件发展得异常迅速。俄国军队占领诸公国[2],使得所有的人心震动。风暴是在酝酿着了,即将临近的、不可避免的战争的呼吸,已经可以感到。燎原的大火已经开始燃烧了,谁也不能预见它会扩张到什么程度,止于怎样的地方。古昔的愤怨,久怀的希望——所有一切全都开始骚动了。英沙罗夫的心也焦急地跳着:他的希望也快要实现了。"可是,这不是太快了吗?不会落空吗?"他想着,紧紧地握住拳头。"我们还没有准备好呢。可是,由它去吧!我得出发了。"

门外传来轻微的窸窣声,门突然开了——叶琳娜跑进房来。

英沙罗夫全身战栗,抢上前去,在她面前跪下来,抱住她的腰,把头紧紧地贴住她的身体。

---

[1] 原文为德文。——原注
[2] 即所谓"多瑙河诸公国"的摩尔达维亚与瓦拉几亚,在历次俄土战争中,均为两军所必争。1853 年 6 月,克里米亚战争前夕,俄国戈尔卡科夫亲王率兵进入两公国,次年退出。

"你没有想到我会来吧?"她喘息地说(她是急急忙忙跑上楼来的)。"啊,我亲爱的!我的亲人!"她两手抱住他的头,又向四周望了望。"你就住在这儿呀?我一下子就找到你啦。你的房东的女儿引我来的。我们前天到。我本想给你写信,可是,我又想不如我亲自来。我在你这儿只能待一刻钟。起来,把门关好。"

他站起来,急急把门关好,又回到她面前,握住她的手。他说不出话。他因为欢喜而窒息了。她微笑地望着他的眼睛……那双眼睛里闪着怎样幸福的光辉啊!……她感觉害羞了。

"等一等,"她说着,温柔地把手抽了回来,"让我把帽子脱下来吧。"

她解了帽带,把帽子扔到一边,从肩头卸下披肩,理了理头发,于是坐到那个旧的小沙发上。英沙罗夫看着她,一动也不动,好像入了迷。

"坐下。"她说,并不抬起眼睛来望他,只是指向她的身旁。

英沙罗夫坐下来,可不是坐到沙发上,却坐在她的脚前。

"来,给我把手套脱了吧。"她不安地说。她开始感到惶恐。

他开始为她解纽扣,然后,开始脱下一只手套来。可是,在脱到一半的时候,他却把嘴唇狂热地吻在她那纤细的、温柔的、洁白的手腕上了。

叶琳娜颤抖了,想用另一只手把他挡开。他却也在那另一只手上吻起来。叶琳娜把手缩回。他抬起头来。她望了望他的脸,就弯下身——他们的嘴唇就互相接触了……

一瞬间过去了……她挣脱开来,站起身,低低地喃喃道:"不,不。"——于是,急忙走向写字台。

"我是这儿的主妇啦,那么,你就不能有什么秘密瞒我。"她说着,极力装作平静,背对着他站着。"多少文件呀!这都是些什么信?"

英沙罗夫皱了皱眉。

"这些信吗?"他说着,站起来。"你可以看。"

叶琳娜把信拿在手里翻动起来。

"信这么许多,字又写得这么小,可我马上就得回去……让它们去吧!……该不是我的情敌写来的吧,呃?……啊,不是用俄文写的呢!"她把那一页页的薄纸翻着,又这样补充说。

英沙罗夫走到她身边,温柔地抚着她的腰肢。她急忙转过身来,快活地对他一笑,就偎在他的肩上了。

"那些信是从保加利亚来的,叶琳娜。我的朋友们写信给我,召唤我回去。"

"现在?到他们那儿去?"

"是的……现在。趁着还来得及,还可能通过的时候。"

突然,她用两手抱住他的颈项。

"你会带我一道去的,是吗?"

他把她拥到了胸前。

"啊,我亲爱的姑娘,啊,我的女英雄,你怎么说出这样的话!可是,在我,我,一个无家的、孤零零的男人,把你拖着跟我走,那不是罪孽,不是发疯吗?……况且,是去怎样的地方啊!"

她掩住他的口。

"嘘……别说啦!……要不,我会生气啦,再也不来看你啦。怎么,咱们不是什么都说妥啦?什么全决定啦?难道我不是你的妻子吗?妻子能跟丈夫分开吗?"

"妻子们可不上战场呢!"他有些悲伤地微笑着说。

"是的,在她们能够留在后方的时候。可是,我能留在这儿吗?"

"叶琳娜,你真是个天使!……可是,你想想吧,也许,我不得不离开莫斯科……在两星期以内。我再也顾不了我的大学课程,也顾不得完成我的工作了。"

"什么,"叶琳娜截断他的话,"你马上就要走吗?如果你愿意,我此刻就留在这儿，此刻，现在，就永远跟你一块儿，再也不回家去，好吗？我们马上就动身，好吗？"

英沙罗夫以加倍的热情，把她拥抱在自己怀里。

"愿上帝惩罚我吧，"他叫道，"如果我做的是有罪的事。从今天起，我们是永远合而为一了！"

"我就留下吗？"叶琳娜问。

"不，我纯洁的姑娘。不，我的宝贝。今天，你还该回家去，但是要随时准备着。事情不是转眼就能办妥的。我们得周密地筹划一下。我们需要钱，需要一张护照……"

"我有钱，"叶琳娜截断他的话，"八十卢布。"

"唔，那不算多，"英沙罗夫沉吟着，"可是，不管多少，都是个帮助。"

"我还能筹措一些。我可以借，我可以求妈妈……不，我不高兴跟妈妈要……可是，我可以卖掉我的表……我还有耳环，两只手镯……和花边。"

"钱还不是主要的，叶琳娜。护照，你的护照，怎么办呢？"

"是的，怎么办呢？可是，护照是绝对必要的吗？"

"绝对。"

叶琳娜微微笑了。

"我有个多么奇怪的想法呀！我记得，在我很小的时候……我们家有个婢女跑掉了。她给捉了回来，结果是饶了她，后来，还在我们家住了很久……可是，大家还是管她叫偷逃的塔吉亚娜。那时候，我再也没想到我自己也会像她似的偷跑的呢。"

"叶琳娜，你不害羞？"

"为什么？当然，有护照，那就更好。可是，如果不能……"

"我们慢慢地、慢慢地设法吧，稍为等一等，"英沙罗夫说，"只是让我考虑考虑，想一想。我们俩得把什么都全盘商量过。钱，我也有的。"

叶琳娜掠了掠落到他额前的头发。

"啊,德米特里!两个人一道走,该多么快乐啊!"

"是的,"英沙罗夫说,"可是,那边,当我们到达了以后……"

"怎么样?"叶琳娜截断他的话,"两个人一道死,不也是快乐的吗?啊,不,我们为什么要死呢?我们会活着,我们还年轻。你多大?二十六?"

"二十六。"

"我还只二十。在我们前面,还有很多很多的好日子。啊!你不是想逃开我的吗?你不是不要俄国爱人的吗?你这保加利亚佬!我倒要瞧瞧你现在还能逃到哪儿去!可是,要是那时候我不去找你,我们现在就怎样了呢?"

"叶琳娜,你知道是什么在驱使我走开?"

"我知道。你爱,可是你又怕。可是当真,你没有看出我也爱着你的吗?"

"我发誓,叶琳娜,我一点也没有看出。"

她给了他一个迅速的、猛不提防的亲吻。

"喏,我也爱你这一点。好啦,再见吧。"

"你不能再留一会儿吗?"英沙罗夫问。

"不能,我亲爱的。你以为我一个人跑出来容易吗?一刻钟早就过啦。"她披上披肩,戴上帽子。"明天晚上到我们家来吧。不,后天。我们会觉得拘束,不痛快,可是那是没有办法的。至少,我们可以见见面。再见。让我走吧。"他最后一次拥抱了她。"哎!瞧,你把我的表链子也弄断了。多笨的孩子呀!没有关系。这样更好。我可以到库兹涅茨基桥去,把它丢在那儿修理。他们要是问我,我就可以说我到库兹涅茨基桥去了。"她握住门把,"啊,我忘了告诉你,库尔纳托夫斯基先生多半这两天就会向我求婚啦。可是,我会回他一个……这个。"她把左手的拇指搁在鼻子尖上，另外的手指临空挥了两挥。"再见吧。回头见。现在，我可认识路啦……可是，你可别耽搁时间啊……"

叶琳娜把门开了一道隙缝，听了听，回头看了看英沙罗夫，点了点头，就一闪身溜出去了。

英沙罗夫在那扇关着的门前站了一会儿，也谛听着。下面，通向庭院的门砰然响了一声。于是，他走到沙发跟前坐下来，用手掩住眼睛。这样的情形，在他是从来不曾有过的。"我怎么配得上这样的爱情呢?"他想着。"莫非是一个梦?"

可是，叶琳娜在他的寒碜、阴暗的小房间里留下的木樨的幽香，却分明说她的确来过。和这幽香一起，那青春的声音，那轻盈的、青春的脚步声，那年轻的、少女的身体的温暖和蓬勃的朝气，也好像还在空气里荡漾着呢。

二十四

　　英沙罗夫决定等候更确切的消息，并且开始做动身的准备。困难是很大的。就他个人来说，本来没有什么阻碍，他只要申请一张护照就行。可是，叶琳娜怎么办呢？要用合法的手续替她弄到护照，那是不可能的。跟她秘密结婚，以后再去见她的双亲，……"那么，他们就会放我们走了，"他想，"可是，万一他们不肯？我们一样可以走。可是，万一他们提出控告……万一……不，还是设法弄一张护照的好。"

　　他决定去求教他的一位相识（当然，并不说出确切的姓名来），一位退职的或者不如说被撤职的检察官。这人，对于各种秘密的勾当，是个富有经验的老手。这位可敬的先生并不住在附近。英沙罗夫在一辆很糟的马车里颠簸了整整一小时，这才到达他的住处。可是，更糟的是，他恰好不在家里。在归途上，他碰上了倾盆的骤雨，全身给雨淋得透湿。次晨，英沙罗夫不顾厉害的头痛，第二次拜访了那位退职的检察官。退职检察官注意地听着，一面从他那画有大乳房仙女的鼻烟壶里闻着鼻烟，用他那狡猾的，也是鼻烟色的小眼睛偷瞟着来客。他一直听完，于是要求"更确切的事实陈述"。而当他觉察到英沙罗夫不愿说出底细来时（连到这里来，在英沙罗夫也是万般不得已），他就只忠告他，首先，最要紧的，要用那"能通神的事物"把自己装备起来，他并且请他再来一次，"当您，"他补充说，从那敞开的鼻烟壶里又闻了闻鼻烟，"肯开诚相见，而不是疑惑多端的时候。（他说话的腔调是很特别的。）护照吗，"他又好像在对自己说似的，"那不是不能想办法的，比方说，您去旅行，谁还管您是什么玛丽亚·布列吉希娜，还是卡罗琳娜·弗格尔梅耶尔呀？"一种憎嫌的感情涌上英沙罗夫心头，可是，他却谢过检察官，并且答应一两日内再来。

当晚，他去到斯塔霍夫家。安娜·瓦西里耶芙娜亲切地接待了他，稍稍责备他不该把她们完全忘掉，并且，见他面色苍白，也特别问到他的健康。尼古拉·阿尔吉米耶维奇一句话也没有和他交谈，只以一种若有所思而又毫不介意的好奇心望着他。舒宾对他很冷淡。可是叶琳娜的态度却使他惊讶了。她本是期待着他的。她为他穿上了他们在教堂相会的时候她穿过的那件衣裳。可是她却是那么平静地欢迎了他，态度是那么有礼貌、从容而又愉快，无论谁看见她，都不会相信这少女的命运是已经决定了的，也不会知道正是因为暗自意识到幸福的爱情，她的面容才变得生动，她的举止才变得轻快和富有魅力。她代替卓娅掛茶。她说笑、闲谈。她知道舒宾会注意她，也知道英沙罗夫是不会戴面具、不会假装若无其事的，所以她就预先把自己武装起来了。她果然没有错：舒宾的眼睛从来没有离开过她，而英沙罗夫，在那一晚，也特别沉默而且抑郁。叶琳娜感到那么幸福，她禁不住想来撩逗一下英沙罗夫了。

"啊，怎么样呢？"她突然对他说，"您的计划进行得怎么样啦？"

英沙罗夫慌张起来。

"什么计划？"他说。

"怎么？难道您忘啦？"她说着，对他笑了。只有她一个人明白那幸福的笑是什么意思，"您为俄国人选的保加利亚文选呀！"

"多么荒唐！"[1]尼古拉·阿尔吉米耶维奇从牙齿缝儿里喃喃地说。

卓娅坐到钢琴旁边去了。叶琳娜微微耸了耸肩膀，就把眼睛向门边一瞟，好像是示意给英沙罗夫，催他回去。于是，她用手指轻轻地敲了两次桌子，一双眼睛注视着他。他了解她是约他两天以后相见。当她知道他了解了她以后，她就闪出一抹匆匆的微笑。英沙罗夫起身告辞。他感到很不舒服。库尔纳托夫斯基来了。尼古拉·阿尔吉米耶维奇跳起来，把右手举过头，然后把手轻轻地落到主任秘书的手掌里。英沙罗夫本想再留一下，看看自己的情敌。叶琳娜偷偷地、狡黠地点了点头。主人觉得没有把两位客人互相介绍的必要，于是，英沙罗夫和叶琳娜交换了最后一次的谛视以后，就走掉了。舒宾沉思着，沉思——忽然之间，就和库尔纳托夫斯基激烈地争论起一个法律问题来了。对于这问题，他其实是一无所知的。

英沙罗夫整晚不曾入睡，到早晨，就感觉病倒了。可是，他仍然忙着整理文件和写信，只是他的头却感觉昏昏沉沉。在午餐的时候，他开始发起热来，什么也吃不下。到傍晚，热度急剧地增加了，浑身骨节酸痛，头痛欲裂。英沙罗夫在叶琳娜不多时以前曾经坐过的那张沙发上躺下。他想："我是活该受罚啦！干吗要跑去找那老混蛋呢？"他努力想使自己入睡……可是，病魔却已经把他整个攫到自己手里。他的血管疯狂地搏动着，血液如火一般燃烧，思想好像飞鸟似的只是不断回旋。他已经沉入昏迷状态了。他好像给人劈面打翻了似的躺着，而突然，他又觉得谁在他耳边轻轻地笑，窃窃地私语。他奋力睁开眼睛，不曾剪心的蜡烛的光焰尖刀一般地对着他的眼睛刺来……唔，是什么呀？老检察官在他的榻前，穿着东方的丝质绣袍，腰间还系着一条绣花手绢，正像昨天他看见的那样……"卡罗琳娜·弗格尔梅耶尔。"那瘪嘴似乎这样喃喃地说。英沙罗夫瞪了瞪眼，再一凝视，老人却扩大了，膨胀了，伸长

---

[1]原文为法文。

了。他已经不是一个人，却成了一棵树……英沙罗夫得攀上那盘龙似的树枝。他攀着攀着，却一跤跌下来，胸脯正碰在一块尖刀似的石上。卡罗琳娜·弗格尔梅耶尔正蹲在那儿呢，好像一个女小贩，正在含含糊糊地喊道："馅儿饼，馅儿饼哟，买馅儿饼哟！"——血流和剑影不断闪耀起来……叶琳娜！……于是，一切消逝在一团血红色的雾里。

二十五

"有个家伙，像个锁匠什么的，到咱们这儿来啦。"次日傍晚，伯尔森涅夫的仆人对他这么报告说（这位仆人，是以对主人严厉和生性多疑而出名的），"他要见您。"

"请他进来。"伯尔森涅夫说。

"锁匠"进来了。伯尔森涅夫认出这原来就是那位裁缝，英沙罗夫的房东。

"做什么?"伯尔森涅夫问他。

"我到老爷您这儿来，"裁缝开始说，两只脚缓慢地左右移动着，不时摆着右手，用三个手指头抓住自己的衣袖，"因为，我们那位房客哩，嗯嗯，病得很厉害。"

"英沙罗夫?"

"着，我们的房客。谁知道怎么回事呢，昨儿早起，还好好的，晚间呢，只要了点儿水喝，我家那位给他送了点儿水去，可是，夜里呢，就说起胡话来啦，我们听见的，因为我们只隔一层薄板。今儿早起，就不会说话啦，木头似的倒着，热得凶呢。我的天！我想，他准会死啦，那么，我们就得报告警察去。因为，您知道，他是个单身汉。可是我家那位她说：'到那位老爷那儿去吧，那位，我们这位在那儿住别墅的那位，说不定那位老爷会有个主意，也许会自己来的。'那么，我就到老爷您这儿来啦，因为，我们不能够，那就是说……"

伯尔森涅夫抓起自己的帽子，塞了一个卢布到那裁缝的手里，就和他急急赶到英沙罗夫的寓所来了。

他发觉他倒在沙发上，人事不知，衣裳也没有脱掉。他的面孔可怕地改变了。伯尔森涅夫立刻吩咐房东夫妇替他把衣服脱掉，把他安置到床上去，自己急忙跑去找了医生来。医生立刻开了处方：水蛭、芥子膏、甘汞，同时，吩咐放血。

"他病得很危险吗？"伯尔森涅夫问。

"是的，非常危险！"医生回答，"急性肺炎，炎症已经完全发展，脑子或许受到了影响，可是，病人还年轻。只是，他本身的元气此刻对他已经没有什么好处。你们找我找得太迟。可是，我们总得依着科学所指示的，一件件去做。"

医生自己还是个青年人，所以，仍然相信科学。

伯尔森涅夫当晚就留在那里过夜。主人夫妇原来都是善心的人，并且，一经有人告诉他们怎么做之后，他们甚至变得很能干了。一位助理医生来了，于是，开始做治疗上的处理。

快到早晨时英沙罗夫清醒了几分钟，认出伯尔森涅夫来，问道："那么，我是病啦？"于是，以病危的人特有的迟钝、疲倦而迷惘的眼睛向四周望望，就又陷入无知觉状态。伯尔森涅夫回家换过衣服，带了几本书，再回到英沙罗夫的寓所来。他决心至少暂时留在那里。他把英沙罗夫的床用屏风隔开，给自己在沙发旁边理出一个小小的安身的地方。那一天，是过得不愉快也不迅速的。伯尔森涅夫除了进食以外，不曾离开房间。夜晚来了。他燃起一根蜡烛，罩起来，开始读一本书。周围一片寂静。从间壁后面主人的房里，时而传出压抑的私语，时而传出一声哈欠，时而传出一声叹息……其中一个打喷嚏，另一个则低声地斥责他。屏风后面，可以听见病人沉重的、不匀的呼吸，中间有时间隔着一声短促的呻吟和头部在枕上不安地转侧的声音……奇怪的幻想在伯尔森涅夫心里涌着。他想着，在这房里，有一个人，生命只如将断的线，而这人，他知道，正是叶琳娜爱着的……他记起那一晚，舒宾曾追上来告诉他说她是爱着他，爱着他伯尔森涅夫的！而现在呢……"我现在该怎么办呢？"他问自己，"让叶琳娜知道他的病？或者等一等？这消息会比前次我告诉她的那一个更令她伤心。命运是多么奇怪地安排我来做他们中间的中介人呀！"他决定了，等一等是更妥当的。他的目光落到那个堆满文件的桌上……"他能实现他的理想吗？"伯尔森涅夫想着，"难道这一切竟会变成泡影？"于是，他心里对那将被摧毁的年轻的生命不禁充满了悲悯，他给自己发了誓要把他拯救出来……

那是个不安的夜晚。病人不断说着谵语。几次，伯尔森涅夫从自己的小沙发上爬起来，踮着脚走到病人床边，忧愁地听着那断断续续的、模糊的呓语。只有一回，英沙罗夫忽然清楚地说道："我不要，我不要，你不能……"伯尔森涅夫怔了一怔，凝望着英沙罗夫。那受苦的死人般呆板的面孔，毫无表情，两手，也正无力地摊着……"我不要。"他几乎是勉强听得见地重复说。

医生清早就来了，摇了摇头，重新处了方。

"离有转机还远着呢。"他说着，就戴上了帽子。

"转机以后呢？"伯尔森涅夫问。

"转机以后？那只有两个前途：或是恺撒，或是毁灭。[1]"

医生走了。伯尔森涅夫在街上徘徊了几转。他感到需要新鲜空气。随后，他回到房里，又拿起一本书来。劳默尔他早已读完。现在，他在

---

[1] 原文为拉丁文。——原注

研究格罗特[1]了。

突然，房门轻轻地响了。房东的小女儿，照旧包着一块太大的头巾，小心翼翼地伸进头来。

"哈，"她小声说道，"前回给了我十戈比的小姐，来啦……"

小女孩的脑袋忽然不见，代替她的，是叶琳娜来到了房里。

伯尔森涅夫好像给什么刺了一下，跳起来。可是，叶琳娜却不曾动弹，也不曾喊叫……好像是，在一刹那间，她已经什么都明白了。可怕的苍白笼罩了她整个的面颜。她走向屏风去，向里面望了望，抬了抬手，就好像变成化石了。如果再过一瞬间，她也许就会向英沙罗夫扑过去，可是伯尔森涅夫拦住了她。

"您做什么？"他以战栗的低声说道，"您这样也许会送他的命！"

她摇晃着。他把她扶向沙发，让她坐下来。

她直直地望着他的脸，用眼睛从头到脚扫了他一遍，最后，就凝视着地下了。

"他会死吗？"她的声音是那么冷淡而且平静。伯尔森涅夫不禁感到恐惧。

"为了上帝的缘故，叶琳娜·尼古拉耶芙娜，"他开始说，"您说什么呀？他病啦，那是事实——病得相当危险……可是我们可以救他的。我可以向您保证。"

"他已经没有知觉了吗？"她又问，声音还是和以前一样冷静。

"是的，现在，是晕过去了……这种病，在初期总是这样的。可是，那没有关系，没有关系的——我给您担保。喝点儿水吧。"

她抬起眼来看着他，他知道，她并没有听见他的回答。

"如果他死了，"她说，仍然用那同样的声音，"我也会死的。"

在这时候，英沙罗夫发出一声微弱的呻吟。她全身颤抖了，抓住自

---

[1] 格罗特（1794—1871），英国历史学家，《希腊史》的著者。

己的头，于是，开始解帽带。

"您这是做什么?"伯尔森涅夫问她。

她没有回答。

"您要做什么?"他又问。

"我要留在这里。"

"怎么? ……久留吗?"

"我不知道，也许整天，整晚，永远……我不知道。"

"为了上帝的缘故，叶琳娜·尼古拉耶芙娜，克制您自己一点儿吧。当然，我一点儿也没有料到会在这儿见到您。可是，我仍然……我料想，您是只能在这儿待一个很短的时间的。请您想一想，您家里的人会发觉您不在……"

"那算什么?"

"他们会寻您……找您……"

"那又怎样?"

"叶琳娜·尼古拉耶芙娜! 您瞧……现在，他不能保护您呢。"

她垂下头来，好像沉入了深思，于是把手绢举向唇边，痉挛和啜泣就以暴风雨一般的力量从她的胸怀猝然迸发了……她把脸伏向沙发，想把哭声窒塞。可是，她的全身却像一只被捉住的鸟儿似的，战栗着而且起伏着。

"叶琳娜·尼古拉耶芙娜……为了上帝的缘故……"伯尔森涅夫不断向她重复说。

"啊! 那是什么?"忽然，英沙罗夫的声音响了。

叶琳娜抬起身来，伯尔森涅夫生了根似的呆住了……一会儿以后，他走近床边……英沙罗夫的头仍和以前一样，无力地躺在枕上。他的眼睛闭着。

"他是在说胡话吗?"叶琳娜嗫嚅着说。

"好像是的，"伯尔森涅夫回答，"可是，这是没有关系的。这样的病往往这样，尤其是……"

"他什么时候病起的?"叶琳娜截断了他的话。

"前天。我从昨天起就过来啦。信任我吧，叶琳娜·尼古拉耶芙娜。我决不会离开他。我们会用尽所有的方法。如果必要，我们可以来一次会诊。"

"我不在的时候他会死掉的啊!"她叫起来，扭着两手。

"我负责答应您每天给您报告他的病情，倘若真有什么急迫的危险……"

"请给我发誓，那时候您会立刻叫我来，无论白天或者夜晚。直接给我写个条子……现在，我什么也不怕了。您可听见? 您答应您会这么做吗?"

"凭上帝，我答应。"

"请您发誓。"

"我发誓了。"

她突然抓住他的手，在他还来不及把手缩回之前，她已经在那手上吻着了。

"叶琳娜·尼古拉耶芙娜……您，您这是做什么……"他嗫嚅着。

"不……不……那是不必要的……"英沙罗夫模糊地喃喃地说，接着，是一声沉重的叹息。

叶琳娜走近屏风，牙齿紧咬手绢，久久地凝视着病人。无言的眼泪从她的颊上滚下来。

"叶琳娜·尼古拉耶芙娜，"伯尔森涅夫对她说道，"他也许会醒过来，认出了您。谁也不知道那会不会使他的病更加沉重。况且，我看，医生随时会来……"

叶琳娜从沙发上拿起帽子戴上，又停下来。她的眼睛悲哀地瞟了房间一转。她似乎是在回忆……

"我不能走。"她终于低语说。

伯尔森涅夫握紧她的手。

"刚强一些吧,"他说,"镇静一些。您已经把他交给了我。我今晚就来看您。"

叶琳娜望了他一眼,说道:

"哦,我善良的朋友!"于是啜泣起来,冲出房去。

伯尔森涅夫倚着房门。一种悲哀的、苦痛的然而同时不无奇妙的安慰的情感,拥塞在他的心头。"我善良的朋友……"他想了一想,于是,耸了耸肩。

"谁来啦?"英沙罗夫的声音响了。

伯尔森涅夫走上前去。

"是我,德米特里·尼卡诺雷奇。您怎么啦?您感觉怎样?"

"只有您?"病人问道。

"只有我。"

"她呢?"

"哪一个她?"伯尔森涅夫几乎是恐怖地说。

英沙罗夫沉默了。

"木樨香。"他喃喃地低声说,又闭上了眼睛。

二十六

　　整整八天，英沙罗夫挣扎于生与死的界点。医生，因为是个青年人，对于重病人很关心，不断前来诊视。舒宾听到英沙罗夫的危险情况，来探望过几次。他的同国人——保加利亚人——也来过。其中，伯尔森涅夫认出了那两位曾以自己不意的别墅拜访使他迷惘过的奇怪人物。他们全都表示着真挚的同情，有几个还自愿代替伯尔森涅夫看护病人。可是他却记着他对叶琳娜的诺言，一概谢绝了。他每天去看她，并且给她秘密报告病情的每一细节——有时是口头的，有时，用一封短简。她是以怎样悬虑的心情期待着他的啊！她是怎样地听着他、询问着他的啊！她总想亲自来探望英沙罗夫。可是伯尔森涅夫却恳求她不要这样做。英沙罗夫是很少一人独在的。在知道英沙罗夫病倒的第一天，她自己也几乎病倒了。一回家来，她就把自己关在自己的房间里。可是，别人却请她下来用午餐。当她出现在餐室里的时候，她的脸色竟使安娜·瓦西里耶芙娜大大地吃了一惊，硬要送她到床上去。然而，叶琳娜却终于能够控制自己了。"如果他死了，"她再三思忖着，"我也就完了。"这一思想使她平静下来，也给了她力量，使她可以装作冷静。也没有人来怎么麻烦她。安娜·瓦西里耶芙娜为着自己的牙痛忙个不停。舒宾在发狂地工作。卓娅也变得忧郁起来了，正在热心地读着维特[1]。尼古拉·阿尔吉米耶维奇对于"学者"的频频访问深感不满，尤其因为他关于库尔纳托夫斯基的"预定计划"简直毫无进展。那位讲求实际的主任秘书于是也摸不着头脑，只有等待机会了。叶琳娜对伯尔森涅夫甚至连一句感谢的话也没有说过。对于有些帮助，感谢不独令人羞愧，而且令人感觉残酷。只有一次，当她和他第四次会晤的时候（前一晚，英沙罗夫的情况十分恶劣，医生已经暗示该来一次会诊）——只在那时，她才向他提醒了他的诺言。"好吧，那么，我们一道走吧！"他对她说。她站起来，正预备整装。可是他又决然说道："不，我们且等明天再看。"在傍晚的时候，英沙罗夫的病势竟减轻下来。

这样的苦难延长了八天。叶琳娜表面是平静的，可是她什么也不能吃，夜晚也不能睡。她全身感到一种迟钝的酸痛。在她的脑海里，似乎笼罩着一阵枯燥的、燃烧着的青烟。"我们小姐蜡烛似的消瘦了呢。"她的婢女这样说她。

终于，在第九天上，危机大致过去了。叶琳娜正在客厅里，坐在安娜·瓦西里耶芙娜身旁，给母亲念《莫斯科新闻》。她自己也不知道在做什么，伯尔森涅夫进来了。叶琳娜望了他一眼（每一次，她投给他的那最初的一瞥，都是多么迅速、多么胆怯、多么深沉而又多么不安啊），马上猜到他是带着好消息来了。他在微笑呢。他微微向她点了点头。她站起来，迎接他。

"他清醒了，他得救了，一星期以后他就会完全好了！"他对她低声说。

叶琳娜伸出手来，像是防备挨打似的，但她什么也没有说，只是她

---

[1] 即歌德的小说《少年维特之烦恼》。

的嘴唇战栗了，一阵红晕笼罩了她的整个面庞。伯尔森涅夫和安娜·瓦西里耶芙娜谈起话来。叶琳娜则回到了自己的私室，跪下来，祈祷着，感谢上帝……轻快的、欢快的泪珠从她的颊上流下来。她突然感到极度疲劳，把头偎到枕上，喃喃地说："可怜的安德烈·彼得罗维奇！"她的睫毛和颊上还濡渍着泪花，就沉沉睡去了。这是许久以来她第一次的睡眠，也是第一次的眼泪。

二十七

伯尔森涅夫的话却只实现了一部分：危险果然过去了，可是英沙罗夫的元气却恢复得很慢。据医生说，他的整个机体都经受了深而广的震动。然而病人却不顾这一切，已经离开病榻，开始在房间里走动起来。伯尔森涅夫也迁回自己的寓所，可是仍然每天过来，看望他仍然软弱的朋友，并和以前一样，每天给叶琳娜报告病人的健康情况。英沙罗夫不敢给叶琳娜写信，只在和伯尔森涅夫谈话的时候间接地提到她。而伯尔森涅夫则以假装的不介意，说到他自己常到斯塔霍夫家去，并且，他努力让他知道：叶琳娜曾经深深地痛苦过，可是现在却平静多了。叶琳娜也没有给英沙罗夫写信，她有她自己的打算。

一天，伯尔森涅夫刚刚欢欢喜喜地告诉她，说医生已经许可英沙罗夫吃一片牛肉，并且，也许不久之后他就可以出外行走了。这时，她却变得沉思起来，垂下了眼睑……

"猜猜，我想跟您说什么?"她说。

伯尔森涅夫惶乱起来，他明白她。

"我想，"他回答着，把眼睛转到一边，"您是想说，您要见他。"

叶琳娜的脸红了，她以一种几乎难以听见的声音嗫嚅道：

"是的。"

"唔，这有什么呢？我想，对于您，这是十分容易做到的。""呸！"他自己寻思着，"我心里怀着怎样一种可憎的感情啊！"

"您是说，我早已……"叶琳娜说，"可是我害怕……您说他那儿多半总有人。"

"那也不成什么问题，"伯尔森涅夫回答，仍然不看她，"当然，我也不便预先通知他。可是，写封信给我带去吧。谁能阻止您写封信给他……给您关心的、要好的朋友呢？那是没有什么不方便的……约定一个时间……就是说，您写信告诉他，您什么时候要去……"

"我不好意思呢。"叶琳娜低声说。

"把信给我吧，我给您带去。"

"那倒不必，可是，我要求您……请别恼我，安德烈·彼得罗维奇……我要求您：明儿别上他那儿去！"

伯尔森涅夫咬了咬自己的嘴唇。

"啊！对啦，我明白啦，很好，很好。"于是，又接着说了一两句话之后，就匆匆告辞了。

"那就更好，那就更好啦，"在急急赶回家去的途中，他这样想，"我什么新的情况也没有知道，可是，这样更好，更好！我为什么要把自己黏附在别人的巢边呢？我什么也不后悔，我照着我的良心的吩咐做了应做的事，可是，现在，够啦！让他们去吧！看起来，我父亲是有道理的，他就常常给我说道：'我和你，我亲爱的孩子，我们不是锡巴里斯[1]人，我们不是贵族，也不是命运和造物的宠儿，我们甚至也不是

---

[1] 锡巴里斯，意大利南部古城，为古希腊殖民地，当地富人以奢侈著称。这里指习惯于奢侈的人。

殉道者——我们只是劳动者、劳动者、劳动者。穿起你的皮围裙吧，劳动者，站到你工作的车床旁边去，到你的黑暗的作坊里去吧！让阳光去照耀别的人吧！我们的暗淡的生活也自有它自己的骄傲和自己的幸福呢！'"

次晨，英沙罗夫从邮局收到一个短简。"请等着我，"叶琳娜写道，"谢绝所有的客人。安·彼不会来的。"

二十八

　　英沙罗夫读过叶琳娜的短简以后，马上整理房间，请房东主妇把药瓶拿走，脱下寝衣，穿上上衣。因为虚弱与欢喜，他的头眩晕，心也猛烈地跳着。他的膝头打战，他于是沉到沙发里，开始看表。"现在是十二点差一刻呢，"他自语道，"在十二点以前她是绝不会来的，这一刻钟我想点儿别的事情吧，不然，我会支持不住啦。在十二点以前，她是不可能来的……"

　　门开了，随着一阵丝质衣裳的轻微的窸窣声，叶琳娜进来了。她整个儿脸色苍白，整个儿充满了青春活力，洋溢着幸福。一声微弱的欢呼以后，她就投向了他的怀抱。

　　"你还活着，你是我的。"她不断重复着，拥抱着他，抚摩着他的头。他几乎昏迷了，这样的接近，这样的爱抚，这样的幸福，使他几乎窒息。

　　她坐到他身旁，紧紧地偎依着他，开始用欢笑的、爱抚的、温存的，只能闪耀在有了爱情的女性的眼里的目光，凝视着他。

忽然，她的脸阴沉下来。

"你变得多么瘦啊，我可怜的德米特里，"她说着，一面用手抚摩他的颈项，"你的胡子多长哟！"

"你，也瘦了呢，我可怜的叶琳娜。"他回答说，用嘴唇捉捕着她的手指。

她快乐地把鬈发摇了一摇。

"那是没有关系的。你瞧着，我们很快就会复原的！风暴已经过去啦，正如那天我们在教堂里相会的时候一样：它已经吹过去啦、消灭啦。现在，我们要开始生活啦。"

他只是用一个微笑回答她。

"啊，我们过了些怎样的日子呀，德米特里，是怎样残酷的日子哟！如果一个人失去了所爱的人，他怎么能活呢！每一回，我都预先知道安德烈·彼得罗维奇会来告诉我怎样的消息，真的，我知道的。我的生命也好像跟着你的一道升上去，一道沉下来呢。啊，欢迎你的生还呀，我的德米特里！"

他不知对她说什么好，他只想把自己投到她的脚前。

"我也观察到，"她继续说，把头发甩向脑后，"这一向，闲着的时候，我做过许多的观察——我看出来，当一个人落到非常非常苦恼的境地的时候，他是以怎样愚蠢的注意力来观察周围的一切啊！真的，我有时就许久许久呆地盯着一只苍蝇，同时，在我心里，我就感觉到怎样的寒冷和恐怖！可是，这全都过去啦，过去啦，对吗？未来，一切都是光明的，不是吗？"

"你就是我的未来，"英沙罗夫回答说，"所以，我的未来就是光明的啦。"

"我也是一样啊！你可记得，那一回我来你这儿的时候……不是上一次，不，不是上一次，"她重复说，不由自主地战栗了，"是那一次，我跟你谈话的那一次，我不知为什么说到死。我真想不到，就在那时候，死亡正在那里窥伺着我们呢。可是，现在，你已经好啦，不是吗？"

"我好多了，我已经差不多全好了。"

"你好啦，你没有死。啊，我是多么幸福！"

接着是短暂的沉默。

"叶琳娜？"英沙罗夫询问地说。

"什么，我最亲爱的？"

"告诉我，你难道从来没有想到过，这病，是作为一种惩罚，临到我们身上来的吗？"

叶琳娜严肃地注视着他。

"那种思想我的确有过的，德米特里。可是，我想：为什么我该受惩罚呢？我违反了什么义务，我对谁犯下了什么罪孽呢？也许我的良心和别人的不同，可是，我是问心无愧的。或许，我在你面前是有罪的吧？我妨碍了你，我拖累了你……"

"你并没有拖累我，叶琳娜，我们会一块儿走。"

"是的，德米特里，我们一块儿走吧，我会跟着你……那是我的义务。我爱你……我不知道我还有别的义务。"

"哦，叶琳娜！"英沙罗夫说道，"你的每一个字，都是怎样的锁链锁住了我啊！"

"为什么说锁链呢？"她打断他的话，"我们是自由人，你和我。是的，"她继续说，沉思地注视着地下，一只手仍然抚摩着他的头发，"近来，我体验过许多事情，这全是我以前连想也没有想过的！以前，如果有谁对我说，我，一个有身份的年轻小姐，会假托各种各样的口实，一个人从家里跑出来，并且是跑到怎样的地方去呢？跑到一个青年男人的寓所去！那么，我准会多么生气啊！可是，现在果真发生了这样的事情，我可一点儿也不感到生气。上帝见证，我一点儿也不感到生气。上帝见证，我一点儿也不呢！"她又说，转向英沙罗夫。

他以那么一种近于崇拜的表情望着她，使得她把她自己的手从他的头发上轻轻地垂了下来，掩住了他的眼睛。

"德米特里！"她又开始说道，"当然，你还不知道，我来看过你，你在那儿，躺在那可怕的床上……我看过你，你已经落在死神的爪子里，人事不知……"

"你看过我？"

"是的。"

他沉默了一会儿。

"伯尔森涅夫也在？"

她点了点头。

英沙罗夫偎到她肩上。

"哦，叶琳娜！"他喃喃地说，"我没有勇气看你了。"

"为什么？安德烈·彼得罗维奇是那么善良！我在他面前是不害羞的。我有什么可以害羞的呢？我可以告诉整个世界我是属于你的啦……况且，对于安德烈·彼得罗维奇，我是兄弟般信任的。"

"他救了我！"英沙罗夫说道，"他是人世间一个最崇高、最善良的人！"

"是的……并且，你可知道，所有一切，我也全该感谢他呢。你可知道，第一个告诉我，说你爱我的，就是他！啊，如果我能把所有的事全给你说一遍，有多好……是的，他是个最崇高的人。"

英沙罗夫凝神地注视着叶琳娜。

"他很爱你，是不是？"

叶琳娜垂下眼睛。

"他的确爱着我。"她低低地说。

英沙罗夫把她的手热烈地握住了。

"哦，你们俄国人，"他说，"你们全有着纯金般的心田！他，他看护我，他晚间不睡……你，你，我的天使……没有抱怨，没有犹豫……这，全为了我，为了我！……"

"是的，是的，全为了你，因为，他们爱你。啊，德米特里！多么奇怪啊！大概，从前我已经给你说过，可是，没有关系，我高兴再说一遍，你也会高兴再听一遍的。当我第一次看见你的时候……"

"你眼里怎么有眼泪了呢？"英沙罗夫打断她的话。

"眼泪？我的眼里？"她用手绢揩了揩眼睛。"哦，傻孩子！他还不知道，人们为着幸福也可以流泪呢。我给你说吧，当我第一次看见你的时候，我看你并没有什么特别，真的。我记得，最先，舒宾倒很叫我感兴趣，虽然我从来也没有爱过他。安德烈·彼得罗维奇呢，哦！有一个时候，我可真这样想过：我期待的难道就是他？可是，对于你呢，我什么也没有感觉过，只是……慢慢地……慢慢地……你就一双手把我的心紧紧地抓去啦！"

"你饶了我吧。"英沙罗夫说。他想站起来，可是，马上又沉到沙发里了。

"你怎么样了？"叶琳娜焦急地问。

"没有什么……我还有些软弱……我受不住这样的幸福。"

"那么，安静些坐着吧，不要动弹，不许兴奋，"她补充说，假装用指头威吓他，"干吗就把睡衣脱了？这时候就打扮得整整齐齐，公子哥儿似的，还太早呢。坐下，我给你讲讲故事。听着，别出声，病刚好就多说话，是不好的。"

她开始跟他谈舒宾，谈库尔纳托夫斯基，谈这两星期她做了些什么，谈到战争，据报纸看来，战争好像是不可避免。那么，在他一经完全复原之后，他就该不耽误一刻时光，准备他们启程。她跟他说着这一切，一直坐在他的身旁，偎依在他的肩上。

他听着她，听着，面色一时发白，一时发红。几次，他想要止住她。突然，他直起身子来。

"叶琳娜，"他对她说，声音是那么奇怪而生硬，"请离开我，去吧。"

"什么?"她迷惘地回答。"你觉得不舒服?"她急忙又说。

"不……我很好……可是,请离开我,我求你。"

"我不明白你,你赶我走吗?你这是做什么?"她突然叫道。他已经从沙发上俯下身来,几乎触到地面,把嘴唇贴在她的脚上。"别这样,德米特里……德米特里……"

他抬起身来。

"那么,请离开我吧!你瞧,叶琳娜,当我病倒的时候,我还没有立刻就失掉知觉,我知道我是站在毁灭的边缘。就是在我发热、在我谵语的时候,我也朦胧地意识到,那是死亡正在向我走来,我已经跟生命、跟你、跟一切告了永别,我已经放弃了任何希望。可是,这突然的死里逃生、这黑暗之后的光明,而你……你就在我的身旁,和我同在,你的声音、你的呼吸……这叫我受不住!我觉得我狂热地爱着你,我听着你说你是我的,可是我却不能给你回答。请……请走吧!"

"德米特里!"叶琳娜低声喃喃着,把头藏到他的胸前。直到现在,她才了解他。

"叶琳娜,"他继续说,"我爱你,你是知道的,我可以为你舍弃我的生命。可是,你为什么在这个时候,当我还是这么软弱、当我还不能控制我自己、当我的血液这么沸腾着的时候,赶到我这儿来呢?你说,你是我的,你爱我……"

"德米特里……"她重复说,她的面颊整个地羞红了,在他的胸前偎得更紧。

"叶琳娜,怜悯我吧——去!我觉得我会死的,我受不了这样的激动,我的整个灵魂渴慕着你。想想吧,死亡几乎把我们分开。可是,现在,你是在这里、在我的怀里……叶琳娜。"

她的全身战栗了。

"那么,你就接受我吧……"她几乎是听不见地低声说。

二十九

尼古拉·阿尔吉米耶维奇在自己的书斋里，绷着脸来回踱着。舒宾坐在门前，跷着腿，悠然地吸着雪茄。

"请别这么从这个角落踱到那个角落吧，"他说道，把烟灰从雪茄上敲下来，"我一直在等着您说话呢，我这么一直跟着您晃，连脖子都晃酸啦。况且，您这么走来走去，也真有点太紧张、太过火啦。"

"除了开玩笑，你就再也不会点儿别的，"尼古拉·阿尔吉米耶维奇回答。"你就不肯为我设身处地想想，你就干脆不想明白我已经习惯了那个女人，简直就是离不开她，少了她我就只有苦恼。这儿已经是十月，冬天就要到啦……她待在列维尔到底能干什么呢？"

"她准在织袜子，为她自个儿。为自个儿呢，可不是为您。"

"笑吧，尽管笑……可是，我得告诉你，我再也没有见过像她那样的女人。那么诚实，那么无私……"

"她把那支票兑现了没有？"舒宾问。

"那么无私，"尼古拉·阿尔吉米耶维奇重复说，提高了嗓音，"那真叫人惊叹！有人告诉我说，世界上有千千万万别的女人，可是我告诉他说，拿那千千万万来给我瞧。我说，把那千千万万拿来给我瞧，把那些女人拿来给我看！[1]可是，她就是一个劲儿不写信来，这真急死人！"

"您真像毕达哥拉斯[2]一样雄辩啦，"舒宾说，"可是您可知道，我要给您个什么忠告？"

"什么忠告？"

"当奥古斯汀娜·赫利斯奇安诺芙娜回来的时候，您懂得我的意思吗？"

"嗯，是的……那怎么样呢？"

"当您看见她的时候，您可明白我的意思？"

"嗯，是的，不错。就怎么样？"

"就揍她一顿。看看怎样？"

尼古拉·阿尔吉米耶维奇愤然转过身去。

"我当他真会给我什么切实的忠告呢。可是，从他那儿又能指望什么好的来！一个艺术家呢，没法度的家伙……"

"没法度……喏，听说，您那挺得意的库尔纳托夫斯基先生，那位挺有法度的人，昨晚可剥了您整整一百卢布呢。那可不算轻松啦，您得承认。"

"那算什么？我们打的是规矩牌。当然，我原来希望……可是，这屋子里的这些人可就不知道怎样去赏识这么个人物……"

"所以他就想着：'管它的呢！'"舒宾插嘴道，"'岳丈大人不岳丈大人，那还是个未定之数。可是，一百卢布对于一个不受贿赂的人，可就是个不小的实惠哪。'"

---

[1]原文为法文。——原注
[2]毕达哥拉斯（约公元前571—前497），希腊唯心主义哲学家和数学家。

"岳丈大人？……我是个什么鬼的岳丈大人哪？你在说梦话呢，我亲爱的。[1] 当然，任凭是个什么别的女子，有这么个男人来求婚，也该够喜欢的啦。你来评评吧：精明强干，一手打出那么一个天下来，身兼两县要职……"

"把一县之长的鼻子牵着走。"舒宾补充说道。

"那也不假。当然，那也是非常可能的。实事求是，又有手腕……"

"又是打牌的好手。"舒宾又说。

"唔，不错，的确也是打牌的好手。可是，叶琳娜·尼古拉耶芙娜……谁能摸得透她？我倒很想知道，有谁高兴来试试，来琢磨她到底在想些什么？今儿个她欢欢喜喜，到明儿，可又阴阴沉沉啦。一会儿，变得那么瘦，叫人看也不想看她一眼，可是，一转眼，又忽然复了元气。所有这些，全没有任何明显的来由……"

一个长相难看的仆人用托盘端来一杯咖啡、一些奶油和方糖。

"做父亲的看中了女婿，"尼古拉·阿尔吉米耶维奇继续说，把糖戳碎了一块，"可这和女儿有什么相干呀！在往日，家长制的时代，倒全都很好，可是如今呢，我们把这全都改变过来啦。我们把这全部改变过来啦。[2] 这如今的时代，年纪轻轻的小姐，高兴跟谁说话就跟谁说话，高兴读什么书就读什么书，不带仆人也不带婢女，也竟能一个人在莫斯科满街跑，就跟在巴黎一样啊！而这呢，好像全成了不成文的法律！前不久，我问道，叶琳娜·尼古拉耶芙娜到哪儿去啦？回答是'小姐自个儿出去啦'。到哪儿去啦？谁也不知道。这难道成体统吗？"

"请用您的咖啡，早点儿让佣人下去吧，"舒宾说道，"您自己可是说过，不应该当着下人的面[3]……"他又低声补充说。

---

[1] 原文为法文。——原注
[2] 原文为法文。
[3] 原文为法文。

仆人斜着眼把舒宾偷偷望了望，尼古拉·阿尔吉米耶维奇则端起杯子，加上了一些奶油，又抓过十多块方糖来。

"我要说的是，"仆人一走之后他又开始说，"在这个家里，简直就没有人把我看在眼里，如是而已。因为，这如今哪，谁都从外表来看人：比方说，有的人，本来无聊、糊涂，可是，要是装出一副凛然的模样呢，自然就有人尊敬他。同时，另外的人呢，也许有着极大的才能，能做一番大事，可是，因为他自己谦虚……"

"您当真以为您是个天才的政治家吗，尼古林卡[1]?"舒宾用一种嘲笑的声音说。

"别跟我来你那丑角腔儿！"尼古拉·阿尔吉米耶维奇愤然叫道。"你简直忘了长幼尊卑！这，又可以证明我在这个家里不算什么，简直不算什么！"

"安娜·瓦西里耶芙娜还虐待了您呢……可怜的人！"舒宾说着，伸了伸懒腰，"啊，尼古拉·阿尔吉米耶维奇，我们可真是一对罪人哪！您最好给安娜·瓦西里耶芙娜准备点儿什么小礼物吧，明后天就是她的生日，您知道，就是您的一点点儿殷勤小意思，她也是多么珍重的。"

"是的，是的，"尼古拉·阿尔吉米耶维奇急忙说道，"你提醒我这个，倒叫我十分感激。当然，当然，一定的。我这里正好有个小玩意儿，一只小别针，前儿个在罗森施特罗哈买的。可是，真的，我不知道，这能行吗?"

"您大概为那另外的一位，在列维尔的那一位买的吧?"

"那是……我……真的……我原想……"

"啊，既然那么着，当然行啦。"

舒宾从椅子上站起来。

"今儿晚上我们到哪儿去逛逛呢，巴威尔·雅可夫列维奇，呃?"尼

---

[1] 尼古拉的小名。

162

古拉·阿尔吉米耶维奇斜着眼，蔼然问。

"啊？您不是要到俱乐部去吗？"

"俱乐部以后呢，我是说，俱乐部以后呢。"

舒宾又伸了一个懒腰。

"对不起，尼古拉·阿尔吉米耶维奇，我明儿还得工作。下回再说吧。"说着，他就出去了。

尼古拉·阿尔吉米耶维奇皱了皱眉，在房间里来回走了两次，于是，从橱里拿出一只天鹅绒小匣子，里面就盛着那只小别针。他把那别针看了很久，又用丝手绢将它擦了擦。于是，他坐在镜子前面，细心地梳了自己密而黑的头发，以一种凛然的表情把头一时偏左，一时偏右，舌头抵着腮帮子，眼睛一直盯着发上的分线。有人在他身后咳嗽了一声，他回头一看，原来是刚刚送过咖啡的仆人。

"做什么？"他问他。

"尼古拉·阿尔吉米耶维奇！"仆人俨乎其然地说道，"您是我们老爷！"

"这我知道，怎么样？"

"尼古拉·阿尔吉米耶维奇！老爷您别生我的气，可是，我从小就给您当差，因为敬爱老爷，我就不得不向您报告……"

"什么？"

仆人感到踌躇了。

"老爷刚刚说，"他开始说，"刚刚说您不知道叶琳娜·尼古拉耶芙娜小姐到哪儿去啦。小的可是知道的。"

"你想撒什么谎，你这笨蛋？！"

"随老爷您的便。三天前，我可是看见我们小姐走进一处房子里去的。"

"在哪儿？什么？什么房子？"

"波瓦尔斯卡雅街附近……××胡同。离这儿不远。小的也问过看门的人：'都是谁住在这儿呀？'"

尼古拉·阿尔吉米耶维奇顿起脚来。

"住口，流氓！你怎么敢？叶琳娜·尼古拉耶芙娜一片善心，去探望那儿的穷人。你，你滚，笨蛋。"

吃惊的仆人朝门口跑去。

"站住！"尼古拉·阿尔吉米耶维奇大声叫道，"看门的人跟你说什么来着？"

"哦，他没……没说什么，他说，一个大……大学生……"

"住嘴，流氓！听着，畜生，你敢再出一下声，敢对任何人……就是在梦里……"

"饶了我吧……"

"住口！如果你漏了口风，要是谁……要是给我听见，就是到地底下你也别想逃！听见没有？下去！"

仆人走开了。

"天哪，仁慈的上帝！这是怎么回事！"仆人走后，尼古拉·阿尔吉米耶维奇独自寻思着，"那笨蛋告诉我的是什么事呀！呃？可是，我得调查出那是个什么地方，是谁住在那里，我得亲自去一趟，竟到了这样的地步呀！给下人看见呢！多么丢脸！[1]"

于是，尼古拉·阿尔吉米耶维奇高声地重复了一回"给下人看见呢！"以后，就把别针仍然锁回到橱里，到安娜·瓦西里耶芙娜这边来。他发觉她正躺在床上，脸上缚着绷带。可是，她那受苦的样儿却更激起他的怒火，他很快就把夫人弄得涕泪交流了。

---

[1] 原文为法文。——原注

三十

同时，酝酿在东欧的风暴，终于爆发了。土耳其对俄国宣了战，诸公国的撤退期限已经到了，锡诺普大战就在眼前。[1] 英沙罗夫最近接到的信件全都召唤他火速返回祖国。他的健康还没有复原：他咳嗽，感觉虚弱，时发微热。可是，他却几乎整天不在家里。他的灵魂燃烧起来了，他再也不能顾及自己的病弱。他不断地在莫斯科奔走，秘密地会见各种人，整晚写信，整天不见人回来。他已经通知房东，说他不久就要离开，并且已经预先把他那些简陋的家具送给了他们。叶琳娜，在她这一方面，也做着启程的准备。在一个下雨的傍晚，她正坐在自己的房里缝一些手绢的饰边，一面不由自主地以沉郁的心情听着风的怒吼。她的婢女进来了，告诉她说，她爸爸正在妈妈的卧室里，叫她立刻过那边

---

[1] 1853 年 9 月 27 日，土耳其政府要求俄国最高统帅部在两星期内从多瑙河诸公国撤兵。要求未得满足。同年 10 月，土耳其对俄宣战。11 月 18 日，俄国舰队在纳希莫夫将军率领下，歼土耳其舰队于黑海南岸的锡诺普。

去。"您妈哭着呢,"她对正要过去的叶琳娜低声说,"您爸爸在发脾气……"

叶琳娜微微耸了耸肩,就来到安娜·瓦西里耶芙娜的卧室。尼古拉·阿尔吉米耶维奇的善良的妻子正斜依在一张躺椅上,嗅着一条洒过香水的手巾。家主自己,则站在壁炉旁边,上衣的纽扣一直扣到喉际,戴的是高而硬的领结、浆得硬挺的领子。从那神气活现的气派,可以隐隐看出一位国会演说家的雄姿来。他以演说家的姿势摆了摆手,把女儿挥向一把椅子,当女儿并不明白他的手势,只是询问地瞪着他的时候,他就连头也不回,威严地说道:"我请您坐下。"(尼古拉·阿尔吉米耶维奇对自己的妻子照例用尊称的"您",对于女儿,却只有在非常的场合里才这么称呼的。)

叶琳娜坐下来。

安娜·瓦西里耶芙娜含着眼泪,擤着鼻涕。尼古拉·阿尔吉米耶维奇把右手插进上衣的胸襟里。

"我请您来,叶琳娜·尼古拉耶芙娜,"在一阵颇长的沉默以后,他发言了,"是要跟您谈谈,或者,我们不如说,是要求您解释一下。我很不乐意您,不,这样说还太婉和,您的行为令我、令我和您的母亲……您在这儿看见的您的母亲,感到痛苦和羞辱。"

尼古拉·阿尔吉米耶维奇沉住气,只用低音说。叶琳娜默默地看着他,又看看安娜·瓦西里耶芙娜,她的面色苍白了。

"曾经有过那么一个时代,"尼古拉·阿尔吉米耶维奇又开始说,"女儿对于自己的父母,是正眼也不敢望的。在那个时代,双亲的权威可以使得不孝的女儿发抖。那种时代不幸,是过去了,至少,有许多人以为是过去了。可是,请让我告诉您,就是如今,总也还有些法理存在,它们不许可……不许可……总之,总也还有些法理存在。我请您注意到这一点,总也还有些个法理……"

"可是,爸爸……"叶琳娜刚刚要开始说。

"我请您不要打断我。让我们在思想上，把以往回溯一下吧。我们，我和安娜·瓦西里耶芙娜，总算尽过我们的义务。我们，我和安娜·瓦西里耶芙娜，在您的教育上总算不遗余力：不惜费用，不辞烦劳。您从所有这些烦劳、这些费用里到底得到了什么，那是另一个问题。可是我想，我总有权利期望您……我和安娜·瓦西里耶芙娜总有权利期望您，至少，会把我们对您，我们唯一的女儿所灌输的，那些道德原则，视为神圣不可侵犯。我们有权利期望，无论什么新'思潮'也不能跟那神圣的古训抵触。可是，结果怎样呢？我现在所说的，并不是在您那种性别和年龄上所难以避免的轻佻。可是，谁能料得到，您竟是忘形到了这样的地步……"

"爸爸，"叶琳娜说道，"我知道您要说什么了……"

"不，你不知道我要说什么，"尼古拉·阿尔吉米耶维奇用极高的假嗓音喊道，他的议会演说家的风姿，流利威严的演说辞以及低音的调子，不经意间，全都不知道跑到哪儿去了，"你不知道，你这下贱的丫头……"

"为了上帝的缘故，尼古拉[1]"，安娜·瓦西里耶芙娜喃喃道，"您会让我急死的。"[2]

"请别说我会让你急死。[3] 安娜·瓦西里耶芙娜！您简直想也想不出您马上会听到怎样的下文，最难听的还在后头呢，我警告您！"

安娜·瓦西里耶芙娜差不多惊呆了。

"不，"尼古拉·阿尔吉米耶维奇继续说着，转向叶琳娜，"你不知道我要跟你说什么！"

"我在您面前是该受责备的……"她开始说。

---

[1] 原文为法文。——原注
[2] 原文为法文。——原注
[3] 原文为法文。——原注

"哈，到底，是有那么回事呀！"

"您是该责备我的，"叶琳娜继续说，"因为我没有早一些明白告诉您……"

"可是，你可知道，"尼古拉·阿尔吉米耶维奇打断她说，"我只要一个字就可以把你打个粉碎！"

叶琳娜抬起眼睛来，看着他。

"是的，小姐，是的，只要一个字！用不着那么给我瞪眼！（他把两手交叉在胸前。）我且问您，您可知道波瓦尔斯卡雅街附近，××胡同里的一幢房子？您可是到那儿去过？（他顿起脚来。）回答我，下贱的丫头，别想跟我遮遮掩掩的！别人，别人，下人们，小姐，下贱的仆人们[1]瞧见您上那儿去过啦，上您那……"

叶琳娜的脸整个地红了，眼睛开始发起光来。

"我用不着跟您遮掩什么，"她说道，"是的，我去过那房子。"

"好极啦！您听，您听，安娜·瓦西里耶芙娜。那么，大概您知道是谁住在那儿吧？"

"是的，我知道的——我的丈夫。"

尼古拉·阿尔吉米耶维奇的眼睛鼓出眼眶来了。

"你的……"

"我的丈夫，"叶琳娜重复说，"我跟德米特里·尼卡诺雷奇·英沙罗夫结婚了。"

"你？结婚？"安娜·瓦西里耶芙娜艰难地说。

"是的，妈妈……饶恕我。两星期以前我们秘密结婚的。"

安娜·瓦西里耶芙娜倒在自己的椅子里，尼古拉·阿尔吉米耶维奇倒退了两步。

"结婚了！跟那么个走江湖的、那么个黑山种结婚！贵族世家尼古

---

[1] 原文为法文。——原注

拉·斯塔霍夫的女儿嫁给那么个流浪汉，那么个没来没由的东西！而且还不等双亲的祝福！你以为我就会轻易放过你们？我就不会去告状？我就会让你……让你们……我会把你送进修道院，把他送进牢房，送到苦役队里去！安娜·瓦西里耶芙娜，请您立刻告诉她，您取消了她的继承权！"

"尼古拉·阿尔吉米耶维奇，为了上帝的缘故。"安娜·瓦西里耶芙娜呻吟着。

"是什么时候、是怎么做出这种事来的呀？谁跟你们行的婚礼呀？在哪儿呀？怎么个结婚法呀？啊，我的上帝呀！我们的知交朋友们会怎样想，社会上会怎样说啊！咳，你，无耻的伪善者，做了这种好事之后，你还有脸生活在你父母的屋檐底下！你就不怕……不怕天打雷劈呀？"

"爸爸，"叶琳娜说道（她是从头到脚，全身战栗着了，可是她的声音却是镇定的），"您高兴把我怎样，就可以把我怎样，可是，您用不着骂我无耻、骂我伪善。我本不想……不想早早就叫您烦恼。可是，一两天后，我也会不得不自动把所有的事情完全告诉您的，因为，我们，我的丈夫跟我，在下星期就要离开这儿。"

"离开这儿？到哪儿去？"

"到他的祖国保加利亚去。"

"到土耳其人那儿去！"安娜·瓦西里耶芙娜喊着，就晕过去了。

叶琳娜急忙跑到母亲身边。

"走开！"尼古拉·阿尔吉米耶维奇怒吼着，抓住女儿的手臂，"你给我出去，不要脸的丫头！"

可是，正在这时，卧室的门开了，一张嵌着闪光的眼睛的苍白的脸出现了，那正是舒宾。

"尼古拉·阿尔吉米耶维奇，"他尽着嗓子高喊道，"奥古斯汀娜·赫利斯奇安诺芙娜来啦，她叫您去呀！"

尼古拉·阿尔吉米耶维奇怒不可遏地转过身来，把拳头对着舒宾威吓了一通，于是，静立了一会儿之后，就急忙溜出去了。

叶琳娜伏到母亲脚前，抱着她的膝盖。

* * *

乌发尔·伊凡诺维奇正躺在自己床上。一件无领衬衫由一颗大纽扣扣在他肥胖的颈上，堆成许多松阔的褶皱奄拉在他的女人似的乳房面前，刚好露出一个杉木的大十字架和一个避邪的护身香囊，一条薄毛毯盖住他肥硕的肢体。床边的小桌上，一支蜡烛在一杯克瓦斯[1]旁边暗淡地燃着。在床上，在乌发尔·伊凡诺维奇的脚边上，非常颓丧地坐着舒宾。

"是的，"他沉思地说，"她结了婚，就准备走啦。您那好侄儿，嚷着、叫着，闹得个满屋皆知。他把自己关在他妻子的卧室里，原是为了保密。可是，不只是小厮们、丫头们，就是马夫们也全听得一清二楚啦！他现在还在那儿横冲直撞，闹着、咒着，差点扇我几个耳刮子。他是在那儿发他的家长的威风啦，就像一头发了疯的狗熊。可是，他是闹不出什么名堂来的。安娜·瓦西里耶芙娜可真给毁啦，可是，女儿要走开倒比女儿结婚更叫她伤心。"

乌发尔·伊凡诺维奇扭了扭手指。

"做母亲的，"他说道，"唔……当然……"

"您那好侄儿，"舒宾继续说道，"扬言要到大主教、总督和部长那儿去告状，可是，结局总不外女儿一走了事。毁掉亲生的女儿，好意思呢！他汪汪地叫过一阵，自然就会把尾巴耷拉下来的。"

"他们……也没有权利。"乌发尔·伊凡诺维奇说着，从壶里呷了一口啤酒。

"是呀，是呀。可是，在莫斯科会掀起怎样的谣言、蜚语和闲话的

---

[1] 一种用麦芽或黑麦面包等制成的清凉饮料。

大波啊！她可不怕这些……况且，她原是超乎这一切之上的。她要走了，走到怎样的地方去？连想一想也可怕！走到怎样的远方、怎样的荒野啊！是怎样的未来等待着她呢？我好像就看见她，在大风雪的夜晚、零下三十度的气候里，从冷清的驿站出发。她要离开她的祖国，离开她的家人了。可是，我是了解她的心情的，她丢在背后的尽是些什么人呢？她在这儿看见的尽是些什么人呢？库尔纳托夫斯基、伯尔森涅夫和我们这一辈：这还是这一批里最最优秀的呢。有什么可以遗憾的呢？只有一件却是糟糕的，听说她的丈夫——鬼知道，我这舌头好像怎么也卷不出这么个字眼来，听说英沙罗夫吐血，那可真糟糕透啦。前不久我见过他，那面孔，可以活脱塑出个布鲁图[1]来……您可知道布鲁图是谁吗，乌发尔·伊凡诺维奇？"

"有什么知道不知道？总归是个人罢了。"

"一点儿也不错，一个'人'。是的，他有一张了不起的面孔，可是不健康，很不健康。"

"对于打仗……那也没有关系。"乌发尔·伊凡诺维奇说。

"对于打仗，那没有关系，一点儿也不错，您今儿说话可特别公平起来啦。可是，对于生活，那可大有关系呀！并且，您知道，她和他是想着生活在一块儿的。"

"年轻人的事情呢。"乌发尔·伊凡诺维奇回答。

"对呀，年轻、光荣、勇敢的事情。死、生、斗争、败北、胜利、爱情、自由、祖国……好极啦，好极啦。仁慈的上帝呀，请您也把这些同样地赐给我们每一个人吧！这和把大半个身子困在齐颈的泥沼里，装作满不在乎，而实际上也的确满不在乎是不大相同的呀。可是，在那里，弦是紧紧地绷着的啦：要响，就响得全世界都能听见；不然，就干脆绷断吧！"

---

[1] 布鲁图（前85—前42），罗马政治家，反恺撒阴谋的领导者之一。

舒宾把头垂到胸前。

"是的，"长久沉默之后，他又继续说，"英沙罗夫是配得上她的。可是，这是多么荒诞无稽呀！谁也配不上她。英沙罗夫……英沙罗夫……干吗来这么一套虚伪的自谦呢？是的，我们承认，他是个好青年，他站稳了自己的脚跟，虽然直到目前，他也不见得比我们这班可怜的罪人们多做出一些什么事来。况且，难道说，我们就真是那种百无一用的废物吗？比方，就说我吧，乌发尔·伊凡诺维奇，难道我就是那种废物？难道上帝在各方面对我都是这么吝啬？难道上帝就没有赋予我任何能力、任何才能？谁知道，也许在时间的进程里，巴威尔·舒宾的名字有一天也将成为光荣的名字吧？您瞧，那儿，在您的桌上搁着一枚铜币。谁知道，有一天，也许一世纪以后，那枚铜币也许会成为那些感恩的后代为纪念巴威尔·舒宾而立的铜像的一部分呢？"

乌发尔·伊凡诺维奇用手肘把自己撑起来，注视了好一会已经兴奋起来的艺术家。

"那还远着呢，"他终于说，照例扭了扭手指，"我们原是说着别人，可是你……你瞧……倒把自己扯进去了。"

"哦，俄罗斯国土上伟大的哲人！"舒宾叫道，"您的每一个字都有着纯金般的重量。铜像，不该给我，却该给您建立呀，我自己就来担任这个工程。呐，就照您现在躺着的这样子，就照着这个姿势，这叫人不明白主题到底是什么，是懒惰呢，或者是力量。我就把您这样塑出来，您是照准我的自私心和虚荣心做了一个公平的袭击了！是的！是的！谈自己是没有用的，吹牛是没有用的。在我们中间，还没有一个人，任凭您朝哪儿看去，都找不出一个真正的人来。到处——不是小气鬼，就是胡混混，不是小哈姆莱特[1]，就是自我陶醉的英雄。或者，就是地底

---

[1] 莎士比亚的悲剧《哈姆莱特》的主人公。依屠格涅夫的意见，哈姆莱特是没有行动力的怀疑主义者的典型。

下的黑暗和混沌，不然，就是懒惰的空谈家和木头木脑的鼓槌！也还有像这样的人呢：他们可耻地不厌其烦地研究着自己，永远感觉着自己的情感的悸动，不断给自己报告道：'这，是我所感的呢；这，是我所想的呢。'好个有用的、聪明的事业！不！如果我们中间真有什么像样的人，那么，那个年轻的姑娘，那个敏感的灵魂，也就不至于把我们扔在脑后，不至于从我们这儿鱼一样地溜到水里去了！这是怎么回事呢，乌发尔·伊凡诺维奇？我们的时代什么时候才能来？在我们中间，什么时候才能有人呢？"

"给我们一些时间，"乌发尔·伊凡诺维奇回答道，"自然会有。"

"会有？哦，你俄罗斯的土壤！哦，你拥有强大威力的人民！可是你说，会有？您瞧，我会把您的话记录下来的！可是，您为什么吹灭了蜡烛呢？"

"我要睡了。再见吧。"

三十一

　　舒宾的话的确没错。叶琳娜结婚这个意想不到的消息，几乎要了安娜·瓦西里耶芙娜的性命，她不能起床了。尼古拉·阿尔吉米耶维奇一定要她不让她的女儿到她面前来，他似乎是在趁这个机会大大地抖一回他做家长的威风、一家之主的威严。他在家里不断吼叫着，不断对仆人们大发雷霆，不断说道："我要让你们看看我的厉害，我要让你们知道知道，你们等着瞧吧！"当他在家的时候，安娜·瓦西里耶芙娜不能见到叶琳娜，就只能以卓娅为满足，卓娅非常殷勤地伺候着她，同时却又不断地自己想道："竟选中了这个英沙罗夫——而放弃的又是谁呢?"[1]可是，一旦尼古拉·阿尔吉米耶维奇出去以后（这样的时候是很多的，因为奥古斯汀娜·赫利斯奇安诺芙娜的的确确已经回来），叶琳娜就仍然来到母亲跟前。母亲就噙着眼泪，许久许久，默默地凝视着她。这种无言的谴责，比之任何别的谴责，更深深地刺着叶琳娜的心。这时她并

---

[1] 原文为德文。——原注

不感到忏悔，却感到一种近于忏悔的深深的、无际的怜悯。

"妈，亲爱的妈！"她不断地重复着，吻着母亲的手，"您叫我怎么办呢？别埋怨我，我爱了他，我没有法子不这样。请您抱怨命运吧：是命运把这么一个爸爸不喜欢的人跟我联系在一起了，并且，他还要把我从您这儿带走。"

"啊！"安娜·瓦西里耶芙娜打断了她的话，"别跟我提起那个。我一想起你是要到怎样的地方去，我的心就要碎啦！"

"亲爱的妈，"叶琳娜回答说，"您至少这样宽解宽解吧：如果不让我去，也许事情会更坏，也许我会死呢。"

"可是，就是这样，我也别想再看见你啦。不是你在哪儿的什么茅棚子里把命送掉（安娜·瓦西里耶芙娜给自己描画出来的保加利亚的情况，是和西伯利亚的苔原不相上下的），就是我让这种别离活活地愁死……"

"别那么说吧，妈妈，最亲爱的。上帝可怜，我们日后也可以再见的。保加利亚那边也有城市呢，跟我们这儿一样。"

"城市呢，哼！那儿正打仗，遍地全轰着大炮。你打算马上就动身吗？"

"马上，只要爸爸……爸爸好像要去告状呢，他威吓要拆开我们。"

安娜·瓦西里耶芙娜把眼睛抬向了天上。

"不，列诺奇卡，他不会告状的。我自己，无论怎样，原来也不肯答应这件亲事。宁可让我先死吧。可是，事情到了这一步，也是没办法，我不会让我的女儿当众丢脸的。"

几天工夫，就像这样过去了。终于，安娜·瓦西里耶芙娜鼓起了勇气：一天晚上，她和丈夫单独关在她自己的卧室里。整屋子里的人，全都沉住气静听着。最初，什么也听不见，接着尼古拉·阿尔吉米耶维奇的声音开始响了，再接着，一场争吵爆发了，叫喊声也起来了，从中甚至可以听出安娜·瓦西里耶芙娜的呻吟。舒宾率领着众婢女和卓娅，已经准备好冲将进去解围。可是，卧室里的叫闹声却渐渐低了下去，不久，就转为平静的谈话，终于，完全停止了。只间或还可以听见一二微弱的抽泣声，不久之后，连这也沉寂了。钥匙的铿锵声响起来，接着，是开箱子的声音。门开了，尼古拉·阿尔吉米耶维奇出现了。他对所看见的每一个人严厉地瞪了一眼之后，就跑到俱乐部去了。安娜·瓦西里耶芙娜把叶琳娜叫来，紧紧抱住她，颊上流着悲酸的眼泪，一边说道：

"什么都妥啦，他不会闹得满城风雨啦。现在，没有什么会妨碍你走，妨碍你丢开我们啦。"

"您可以让德米特里来谢谢您吗？"等母亲稍稍恢复平静以后，叶琳娜问。

"等等，我的宝贝，我这会儿还没有好气看见那拆开我们娘儿们的人。在你们动身以前，时间还多着呢。"

"在我们动身以前。"叶琳娜悲哀地重复说。

尼古拉·阿尔吉米耶维奇答应不去"闹得满城风雨"，可是，安娜·瓦西里耶芙娜却没有告诉女儿，他这个诺言是标了个怎样的价钱。她没有告诉女儿，她不仅答应替他偿还一切债务，而且，还当场交给他一千卢布现金。除此之外，他还决然对安娜·瓦西里耶芙娜声明，说他不愿意见英沙罗夫，他仍然一直管英沙罗夫叫作"黑山种"。当他一到俱乐部以后，他就全无来由地和他的打牌的对手、一位退役的工兵将军，谈起叶琳娜的婚事来了。"您可听说过，"他装出一种满不在乎的样子说道，"我的女儿，就因为学问渊博，和一个什么大学生结了婚呢。"将军从眼镜后面瞪了他一眼，哼了一声，就问他要打多大的筹码。

三十二

离别的日子近了。十一月已经过去，最后的动身限期到了。英沙罗夫早已做好了一切准备，火烧火燎般地焦灼着，想尽早离开莫斯科，医生也催他早日启程。"您需要温暖的气候，"他对他说，"你在这儿是不能恢复健康的。"叶琳娜也一样充满着焦急，英沙罗夫的消瘦和他苍白的面颜，使她担心。望着他变了相的面孔，她往往不由自主地感到恐怖。在父母家里，她的处境变得不可忍受了。母亲整日对她号哭，好像哭死人似的，父亲则对她报以轻蔑的冷淡，已经临近的别离其实也暗暗地使她痛苦。可是，她觉得她有义务、被父亲侮辱的义务，来隐藏自己的情感和自己的软弱。安娜·瓦西里耶芙娜终于表示想见一见英沙罗夫。他被秘密地、从后门引到她的面前。当他进入她的房间，许久许久她还不能对他说话，她甚至连望也不能望他。他坐在她的安乐椅旁，以平静的恭敬等待她说出第一句话来。叶琳娜也坐在那儿，把母亲的手握在自己手里。终于，安娜·瓦西里耶芙娜抬起眼睛来，说："上帝是您的裁判官，德米特里·尼卡诺雷奇……"她的话突然中断，所有的谴责，全都消失在她的唇上了。

"怎么，您病啦，"她叫道，"叶琳娜，你丈夫病啦！"

"我近来身体不好，安娜·瓦西里耶芙娜，"英沙罗夫回答，"现在还没有完全复原。可是，我希望我的故乡的空气会使我完全强健起来。"

"啊……保加利亚！"安娜·瓦西里耶芙娜嘴里嗫嚅着，并且自己想道："我的天哪，一个保加利亚人，快死啦，声音空得像木桶，眼睛陷得像吊篮，简直是个骨头架子啊，衣服松晃晃地挂在肩上，像是问别人借来似的，脸黄得像野菊——而她，竟是他的妻子，她爱他呢……啊，简直是个噩梦……"可是，她立刻抑制住自己，"德米特里·尼卡诺雷奇，"她说道，"您是无论如何……无论如何也不能不走吗？"

"无论如何，安娜·瓦西里耶芙娜。"

安娜·瓦西里耶芙娜望着他。

"啊，德米特里·尼卡诺雷奇，愿上帝祝福您，让您永远也不会受到我现在所受的考验吧！可是，您得答应我好好儿照顾她，爱她。只要我还活着，你们总不至于受穷……"

眼泪窒塞了她的声音。她张开她的手臂，叶琳娜和英沙罗夫就投到她的怀里了。

命定的日子终于到来。安排叶琳娜该在家里和双亲告别，然后从英沙罗夫的寓所启程，出发的时刻定在整十二点。在预定的时间约莫一刻钟之前，伯尔森涅夫到了。他预料在英沙罗夫的寓所里一定会有他的同胞专程来给他送行，可是他们却早已去过了，读者们已经认识的那两位神秘的人物（他们也曾做过英沙罗夫的证婚人）也早已去过了。裁缝迎接着"善心的老爷"，一躬到地。他，大概是为了以酒浇愁，但也许也为了庆祝得到家具，喝了几杯，他的女人马上赶过来，把他拖了出去。房间里，什么都已经收拾好了：一口大箱子，用粗绳捆着，放在地上。伯尔森涅夫沉思着，许多回忆涌上他的心头。

十二点早已敲过，马夫已经把马牵到了门前，可是，"青年人"却还不见到来。终于，急促的脚步在楼梯上响了，叶琳娜由英沙罗夫和舒宾伴送着走了进来。叶琳娜的眼睛红肿，离别的时候，她的母亲已经晕倒，别离的情形是极度悲惨的。叶琳娜有一个多星期没有见到过伯尔森涅夫。近来，他很少到斯塔霍夫家去。她没有料到会看见他，只叫了一声："您，感谢您！"就扑到了他的颈上，英沙罗夫也拥抱了他。痛苦的沉默笼罩着一切。这三位，能互相说出什么呢？在他们心里会有什么样的感觉呢？舒宾觉察到，这苦痛的沉默非用一二快活的声音和言语来打破不可了。

"我们这三重奏又碰在一起了，"他开始道，"最后一次地！让我们顺从命运的指示，让我们记取过去的好时光——带着上帝的祝福，勇敢地去迎接新的生活吧！'唯神福佑远行人，在彼征途上……'"他开始哼起来，可是，却突然停住了。他忽然感到羞愧和狼狈。在躺着死人的地方唱歌，是罪孽。而此刻，在这间房里，他所说的过去，那聚集在这里的三个人的过去，却正在死亡。它死，是为了新生，也许是这样吧……可是，那终归是要死的了。

"唔，叶琳娜，"英沙罗夫开始说，转向妻子，"我想什么都弄妥了吧？该偿付的都已经偿付，该包扎的也已经包扎了。现在，只等把箱子搬出去。房东！"

房东同他的妻子和女儿进来了。他微微摇晃着，听着英沙罗夫的吩咐，把箱子拽到肩上，就急忙跑下楼去，笨重的靴子在楼梯上一路啪啪地响。

"现在，依照俄国的习俗，我们该坐下来。"英沙罗夫说。

大家落坐下来：伯尔森涅夫坐在旧沙发里，叶琳娜坐在他的身旁，女房东和她的女儿蹲在门槛上。大家都沉默着，大家都勉强地微笑，虽然谁也不知道为什么笑。每个人都想说一两句惜别的话，可是每个人（当然，除开女房东和她的女儿，她们只是溜着眼睛）也都觉得，在这样的时候，许可说出的只能是泛泛的话，任何一个有分量、有意义甚至有情感的字眼，都会不大合适，甚至近于虚伪。英沙罗夫第一个站起来，开始给自己画了十字……"再见吧，我们的小房间！"他喊道。

接吻声响了，响亮然而寒冷的别吻，一路平安的不尽意的祝福，常通音问的应许。最后的、吞声的道别的话……

叶琳娜满面泪痕，已经坐上旅行雪橇，英沙罗夫细心地往她脚上盖上毯子。舒宾、伯尔森涅夫、房东、主妇、照例包着大头巾的小女儿、看门人和一个穿着条子寝衣的不知哪儿来的工人全都站在阶前……忽地，一乘驾着骏马的华丽雪橇飞奔到前庭来了，从雪橇上跳下来、一边抖着大衣领上的积雪的，正是尼古拉·阿尔吉米耶维奇。

"感谢上帝，幸好我还赶上啦，"他叫着，急忙跑到旅行雪橇这面来。"这，叶琳娜，这是我们做父母的最后的祝福，"他说着，把头低到车篷下面，一面从自己的衣袋里掏出一个缝在天鹅绒袋里的小神像，挂在叶琳娜的颈上。她开始啜泣了，吻着他的手，这时，马夫从雪橇的前座里拿出一瓶香槟酒和三只酒杯来。

"来吧！"尼古拉·阿尔吉米耶维奇说，可是他自己的眼泪却已经一滴一滴地滴到他的大衣的獭皮领上了，"我们得……祝福旅途平安……祝……"他开始倒香槟。他的手抖着，泡沫浮出了杯缘，落到雪地上。他自己擎起一杯，把另外两杯递给叶琳娜和已经坐在叶琳娜身边的英沙罗夫。"上帝祝福你们……"尼古拉·阿尔吉米耶维奇开始说，可是他却说不下去——他喝下酒，他们也喝了酒。"现在该轮到你们了，先生们。"他又说，转向舒宾和伯尔森涅夫。可是，这时马夫却已经催动了马。尼古拉·阿尔吉米耶维奇傍着雪橇跑着。"记着……给我们写信……"他用断断续续的声音说。叶琳娜伸出头来，说道："再见吧，爸爸，安德烈·彼得罗维奇，巴威尔·雅可夫列维奇，再见吧，一切，再见吧，俄罗斯！"然后，把身子往后一仰。马夫劈啪地挥了挥鞭子，打了个呼哨，滑木在雪上轧轧地响着，雪橇滑出了大门向右转，然后看不见了。

三十三

　　那是一个明丽的四月的日子。在那横于威尼斯和海沙积成的、叫"丽多"的狭长沙洲之间的宽阔礁湖上，一艘平底船正浮游着，舟子每摇动一下长橹，平底船就发出规则的震荡。在平底船的低矮的篷下、柔软的皮垫上，坐着叶琳娜和英沙罗夫。

　　叶琳娜的面庞，自从离开莫斯科之日以来，并没有多少改变，可是那表情却大大不同了。它变得更深沉、更严肃，而她的目光也变得更勇敢了。她的整个身体更娇美了，如同一朵盛开的鲜花，头发也似乎更浓密、更丰艳，低垂在雪白的额和鲜红的颊上。只是在她的唇际，当她没有笑容的时候，却有一抹几乎看不见的线痕，表现出一种隐秘的、永在的焦虑。在英沙罗夫的脸上，正相反，表情仍然一如往昔，可是那外形却大大地改变了。他变瘦了、老了、苍白而且伛偻了。他不断地短促地干咳着，深陷的眼睛发出一种奇异的光彩。在离开俄国的旅途中，英沙罗夫在维也纳差不多卧病了两个月，只是到三月末，这才和妻子来到威尼斯。从这里，他希望可以取道萨拉，到塞尔维亚、到保加利亚去。所有其他的道路，均已断绝。多瑙河上战争正酣，英、法已经对俄宣战，所有斯拉夫国家全都动起来了，准备起义。

小舟靠近了"丽多"的里岸。叶琳娜和英沙罗夫沿着植满枯细的小树的狭窄砂路（人们在这路上每年植树，可是树却每年枯死），向着"丽多"的外岸、向着大海走去。

他们沿着海滩走着。亚得里亚海在他们面前翻滚着暗蓝的海波，波涛涌到岸边来，呼啸着翻着泡沫，又滚回去，在沙滩上遗下一些细小的贝壳和片片海草。

"多么荒凉的地方啊！"叶琳娜说道，"我怕这儿对你会太冷啦，可是，我猜得到，你是为什么要到这儿来的。"

"冷！"英沙罗夫回答说，迅速而苦恼地一笑，"如果怕冷，我还能当什么兵呢？我到这儿来……我可以告诉你我是为了什么。从这大海望过去，我就感觉到，这儿离我的祖国更近了。它就在那边，你瞧，"他补充说，把手伸向东方，"风，就是从那边吹来的。"

"这风会把你期待的船带来吗？"叶琳娜说，"瞧，在那里有一面白帆，那就是你所期待的船吗？"

英沙罗夫凝望着叶琳娜所指的天际的远海。

"伦基奇答应过，在一星期内会给我们把什么都准备好的，"他说，"我想，我们可以相信他……你可知道，叶琳娜，"他补充说，突然活跃起来，"听说贫苦的达尔马提亚渔民，也捐献出他们的铅坠子——你知道，就是他们坠网的铅坠子来铸子弹啦！这些渔民，他们没有钱，他们唯一的生计就是打鱼。可是，他们却欢欢喜喜地贡献了他们最后的财产，现在，他们正挨饿呢，这是怎样的民族呀！"

"当心！"[1] 在他们身后传来一声傲慢的喊叫，沉重的马蹄声震响着。一个奥地利军官，穿着灰色的短军衣，戴着绿色的军帽，从他们身

---

[1] 原文为德文。——原注

边疾驰而过……他们几乎来不及给他让开路来。

英沙罗夫阴郁地目送着那军官的背影。

"也不能怪他呢，"叶琳娜说道，"你知道，他们也没有别的地方可以骑马。"

"不能怪他，"英沙罗夫回答说，"可是，他却用他的叫喊、他的胡子、他的帽子、他整个的样子，使我的血液沸腾起来了。我们回去吧。"

"回去吧，德米特里。况且，这儿的风也真太大。在莫斯科重病之后你没有好好儿保养，到得维也纳，你就还病债啦。现在，你可该好好儿保重才是呢。"

英沙罗夫没有回答，可是，那同样的苦笑却再一次掠过他的唇边。

"如果你高兴，"叶琳娜继续说，"我们就游游大运河[1]吧。你瞧，自从我们到这儿来，我们还没有好好儿看一看威尼斯。晚间，我们到剧院去，我有两张包厢票。据说，今儿晚间，有个新歌剧上演。如果你高兴，我们俩就把这一天互相奉献吧。我们暂时忘记政治、战争和一切，我们只要知道，我们是一道活着、呼吸着、思想着，我们是永远结合着……你高兴吗？"

"只要你高兴，叶琳娜，"英沙罗夫回答，"自然，我也高兴。"

"我知道，"叶琳娜说着，微微一笑，"来吧，我们走吧。"

他们回到平底船上坐下，告诉舟子沿着大运河缓缓摇去。

没有见过四月的威尼斯的人，就不能说完全领略了那神奇之城的一切不可言说的魅力。春天的温柔和娇媚，对于威尼斯是十分和谐的，正如光辉的夏阳适于壮丽的热那亚，秋日的金紫适于古代雄都罗马城一样。威尼斯的美，有如春日，它抚触着人的心灵，唤醒着人的欲望。它使那无经验的心灵困恼而且苦痛，有如一个即将到临的幸福的许诺，神秘而又不难捉摸。在这里，一切都明丽、清朗，然而，一切又如梦、如

---

[1] 原文为意大利文。——原注

烟，笼罩着默默的爱情的薄霭。在这里，一切都是那么寂静，一切都散发着深情。在这里，一切都是女性的，从这城市的名字起始，一切都显示着女性的温馨，威尼斯被称作"美的城"，不是没有来由的：巍峨的宫殿和寺院矗立着，绰约而奇丽，有如年轻的神灵的轻梦；运河里有悠然的流水，浅绿的水色，如绢的波光；平底船掠过水上，没有声息；听不见嘈杂的市声、粗暴的击声、尖锐的叫声，也没有喧嚷咆哮——在所有这一切里，全有着神奇的、不可思议的、令人沉醉的魅力。"威尼斯死了，威尼斯荒凉了。"它的居民会对您这样说。可是，也许，在它的容光焕发之日，在它的如花怒放之日，它所没有的也就正是这种最后的魅力、这种凋落的风情吧。没有见过它的人，是不能知道它的：无论是卡纳列托[1]或者是瓜尔迪[2]（更不要说起后起的画家们），都不曾在他们的画布上表现出那空气的银色的柔和，那似近而又不可即的远景，那优美的线条和浑然的色彩的神奇的和谐。受尽人生折磨、生之旅程将要终结的人，不应当拜访威尼斯，它对他将是痛苦的，有如少年之日不曾实现的梦想之回忆。可是，对于生命力正在澎湃、自觉着生的幸福的人，它却是温柔的、甜蜜的。愿他携着自己的幸福，到这充满着蛊惑的天空之下来吧，无论他的幸福原来已经多么灿烂，威尼斯总能以自己的不灭的光辉为它更增辉煌的。

叶琳娜和英沙罗夫乘坐的平底船静静地荡过恰沃尼河畔[3]、总督府和比亚赛塔，进入了大运河去。两岸展现着无数大理石的宫殿，它们似乎是静静地流过去了，几乎不容人的眼睛去细细琢磨或者吟味它们的美丽。叶琳娜感到深深的幸福，在她的一望蔚蓝的天空里，只有一朵黑云飘浮着，而这朵黑云，现在已经飘远了：这一天英沙罗夫比之往日精

---

[1] 卡纳列托（1697—1768），意大利威尼斯画派画家，以画威尼斯风景著名。

[2] 瓜尔迪（1712—1793），意大利威尼斯画派画家，以绘风景画为主，卡纳列托的弟子。

[3] 原文为意大利文。——原注

神得多。他们一直荡到里亚尔托桥的陡峭的拱门，然后折了回来。叶琳娜害怕教堂里的寒冷会不适于英沙罗夫，可是，她记起精美艺术<u></u>[1]来，于是就告诉舟子朝那边荡去。他们穿梭似的穿过那不大的美术馆里所有的陈列室。既不是鉴赏家，也不会自命风雅，他们在每一幅画前都不曾停留，一点也不勉强自己，一种欢欣喜悦的心情突然涌上了他们的心头。所有一切，在他们眼里，忽然都变得有趣起来。（小孩子们对于这样的情感是十分熟悉的。）望着丁托列托[2]的圣马可蛤蟆似的从天上跳到水里去拯救那受难的奴隶，叶琳娜不禁哈哈大笑，并且，不顾那三位英国游客的大大蹙眉，她一直笑出了眼泪。英沙罗夫，在他这方面，对于站在提香[3]的《升天图》前面、双手向着圣母伸出的那个穿绿袍的坚强的男子的背和胫，则感到如狂的喜悦。可是，那圣母、那平静而庄严地升到天父怀抱中去的健美的女人，却给了英沙罗夫和叶琳娜以同样强烈的印象。同时，他们也很喜欢老人奇马·达·科内利亚诺[4]的严肃而虔敬的圣画。在离开美术馆的时候，他们望了望他们身后的那三位英国人以及他们那兔子似的长牙和低垂的颊髯就不禁大笑了。他们望望他们的舟子和他那短衣和短裤又不禁大笑了。他们瞧见一个女小贩，头上顶着个灰白的小发髻儿不禁笑得更厉害了。最后，他们对望了望彼此的脸，便连珠似的笑了，而当他们一坐到平底船上来，他们就互相紧紧地、紧紧地握住了手。他们回到旅馆，跑进自己的房间，吩咐开饭。就是在用饭的时候，他们的快乐心情也不曾离开他们。他们互相劝进饮食，为他们的莫斯科亲友们的健康干杯，为了一盘好吃的鱼就给侍者鼓

---

[1] 原文为意大利文。——原注
[2] 丁托列托（1518—1594），意大利文艺复兴后期威尼斯画派重要画家，名画有《圣马可的奇迹》等。
[3] 提香（1490—1576），意大利文艺复兴盛期威尼斯画派画家。
[4] 奇马·达·科内利亚诺（1459—1517），意大利威尼斯画派画家。

掌，并且不断地向他要新鲜的海味[1]。侍者耸了耸肩，顿了顿脚，可是，一离开他们，他就摇头了，甚至叹息地低语道："可怜的人！[2]"食事完毕以后，他们就到剧场里去。

剧场里演的是威尔地[3]的一个歌剧《茶花女》，老实说，是个颇庸俗的作品，可是，竟然走遍了欧洲所有的舞台，并且，它对于我们俄国人也是十分熟悉的。威尼斯的音乐季已经过去，歌手们没有一个超出中等水平，每一个都尽着自己的嗓子叫。扮演薇奥莱塔的是个无名的女伶，从观众对她的冷落看来，大约也不是什么红角，可是她却不乏才能。她是一个年轻的、不甚漂亮的、黑眼睛的姑娘，歌喉不甚圆润，甚至已经有些疲惫。她穿着不合身的花哨得近于天真的服装，一个红色网子套在她的发上，一件褪色蓝缎长袍绷在她的胸前，一副厚实的瑞典风味的手套一直套到她的瘦削的肘际。老实说，她，一个贝加莫的牧羊人的女儿，又怎么能够知道巴黎的茶花女们是怎样装束的呢！而在舞台上，她也不知道怎样动作。可是，在她的表演里，却有着很多的真实和质朴的单纯，而且她的歌唱，也有着只有意大利人才能有的热烈的表情和韵律。叶琳娜和英沙罗夫坐在舞台旁边一个黑暗的包厢里，精美艺术向他们袭来的那种快乐的心情，此刻也还不曾消逝。当那迷于妖妇的诱惑之网中的不幸青年人的父亲，穿着淡黄色的燕尾服，戴着蓬松的白假发，出现在舞台上，歪了歪嘴，先就怯了场，只呜呜地发出几声低音颤音的时候，他们两个几乎又要情不自禁地大笑起来了。可是，薇奥莱塔的表演却使他们受了感动。

"简直不大有人给这可怜的姑娘鼓掌呢，"叶琳娜说道，"可是，比起那些忸忸怩怩、装腔作势、只想讨好的自以为了不起的假名角，我倒

---

[1] 原文为意大利文。
[2] 原文为意大利文。
[3] 威尔地（1813—1901），意大利作曲家。

是一千倍地更喜欢她的。你瞧，她是多么认真；瞧，她简直忘记观众的存在啦。"

英沙罗夫俯向包厢边上，真切地注视了薇奥莱塔一眼。

"是的，"他评说道，"她是认真的，她自己，也快临近坟墓的边缘啊。"

叶琳娜沉默了。

第三幕开始了。幕布升起来，叶琳娜一看见那床铺、那低垂的窗帷、药瓶和加罩的灯，就不由自主地战栗了。她记起了最近的过去。"将来会怎样呢？现在又怎样呢？"这样的思想掠过她的心头。似乎故意似的，台上女优的模拟的咳声，在包厢里，却由英沙罗夫沉闷的、异常真实的咳声来回答了。叶琳娜偷偷地望了他一眼，于是立刻在脸上装出平静而安心的表情来，英沙罗夫明白了她，就自动地微笑了，甚至伴着台上的歌声轻轻哼了起来。

可是不久，他却沉默了。薇奥莱塔的表演是愈来愈美妙、愈来愈自如了。她抛弃了一切枝节，一切不必要的东西，她找到了自己：这对于一个艺术家，是多么难得的、至高的幸福啊！她似乎忽然之间越过了那难以确定的、然而在那边却正是美之宫的界线。观众悚动了、惊讶了。那面貌不美，歌喉疲惫的女郎，开始把自己的观众控制住、掌握住了。歌者的歌喉这时甚至也不是疲惫的，它已经获得了内在的热和力。阿尔弗雷多出场了，薇奥莱塔快乐的喊声在观众间几乎掀起狂热[1]的大波，和这比较起来，我们北国人们的喝彩就简直不算什么了。一瞬间过去了，观众又复冷静下来。二重唱，歌剧最精彩的一场开始了。在这里，作曲家成功地表现了那疯狂的浪掷青春的全部悲恸和无望的、濒于绝境的爱情的最后挣扎。被全场的同情所感动、所冲击，眼里含着由艺术家的欢喜和真实的苦痛所激发的眼泪，那女伶一任内心激情的波澜将自己

---

[1] 原文为意大利文。

浸润，一任自己随波飘浮。她的脸变容了，当死神恐怖的阴影突然向她迫来，祈祷的绝叫就以暴风雨般的力量从她的唇里直迸天上了："请让我活着……死得这样年轻！"与此同时，疯狂的鼓掌和感激的狂叫，也就响彻了整个剧院。

叶琳娜全身感觉寒冷。她开始用手轻轻地摸索着英沙罗夫的手，找到了它，就把它紧紧地握住，他也紧握住她的手。可是，她却不曾望他，他也不曾望她。这一次的握手和几小时以前他们的手在平底船上的相握，是有着怎样不同的意味啊。

他们又沿着大运河，荡回自己的旅馆。夜已深了，明媚的、温柔的夜。同样的宫殿又在他们面前展现，可是，它们却似乎已经不同。有一些，浴着月光，发出了苍白的金光，就是在这苍白的光里，所有装饰的细节、窗户和露台的轮廓，似乎反而模糊了。反之，在那些为大片阴影的轻幕所覆盖的建筑物上，这些细节却显得更为清楚。平底船点着小小的红灯，似乎更静寂、更迅速地滑过。它们钢的轮廓神秘地闪着光，桨在银色小鱼似的微波上面，神秘地起伏，舟子们发出短促的、压低的呼唤声（如今，他们也不歌唱了）此起彼落。此外，几乎听不到别的声息。英沙罗夫和叶琳娜所住的旅馆正在恰沃尼河畔，可是，在到达旅馆之前，他们却舍舟登陆，环绕着圣马可广场，在那些拱门底下走了几转。在那里的那些小酒店前面，正聚集着许多行乐的人们。伴着所爱的人，在异乡的城市、陌生人们中间双双漫步，是有着特殊的甜味的，一切都好像是那么美，那么有意味，你对一切人都怀着好意，都祝愿平安，你对每一个人都祝望着自己心里所充溢着的一切幸福。可是，叶琳娜现在却不能无忧无虑地陶醉在自己的幸福之感里了：她被适才的印象所震撼的心，还不能恢复平静。而英沙罗夫，当他们走过总督府的时候，则无言地指了指从低矮的拱门下面突出来的奥地利的炮口，把帽子拉齐到眉尖。而且，此刻他也感觉疲倦了。于是，最后一次地望了望圣马可教堂和在月光下发着闪闪磷光的青铅教堂顶以后，他们就缓步回家来了。

他们的房间正临着从恰沃尼河畔至吉乌德加的宽阔的礁湖。几乎正对他们的旅馆，屹立着圣乔治教堂的尖塔。在右方高空上面，闪耀着多加拿府的金色圆顶和教堂中最美的、装扮得如同新嫁娘的帕拉弟奥[1]的救世主教堂[2]。左方，帆船的帆樯和汽船的烟囱，在黑暗里森然矗立，半卷的布帆有如巨大的黑翼，在这里或那里张着，船上的小旗，几乎全不飘动。英沙罗夫坐在窗前，但叶琳娜却不能让他太久地欣赏这美丽的夜景。他的寒热好像突然发作了，并且有一种消耗性的软弱征服了他。她把他安置在床上，一直等他睡着，这才轻轻地回到窗边。啊，夜是多么静，多么温和，一种像白鸽似的温情在那青苍的空气里荡漾！每一种苦恼，每一种哀愁，在这清朗的天空，在这纯洁的、神圣的光下都该得到安慰，沉入深眠呀！"哦，上帝！"叶琳娜想着，"为什么还有死，为什么还有别离，还有疾病和眼泪？又为什么会有这样的美，这样的甜蜜的希望？为什么还有这样的安全避难处、不变的支持和永恒的庇护的感慰？这微笑着和祝福着的天空是什么意思呢？这幸福和安息的大地说明什么呢？难道说，所有这一切只是在我们心里，而在我们身外就全是永恒的寒冷和寂灭？难道说，我们只是孤独的、孤独的。而在那边、在各处、在所有那些无底的深处和沉渊里，一切一切都是和我们绝缘的吗？那么，为什么又会有这样的祈祷的渴望和喜悦？'死得这样年轻。'"又在她的心里回响着。"……难道说，就不能央求到、不能挽回、不能救赎……哦，上帝！难道就不能相信奇迹？"她用紧握的双手托着头。"够了吗？"她私语道，"难道真够了！我幸福过，不只是几分钟，不只是几点钟，甚至不只是几整天——却是整整几个星期。我有什么权利得到幸福呢？"想到自己的幸福，她感觉恐怖了。"如果那不是应

---

[1] 帕拉弟奥（1508—1580），威尼斯文艺复兴后期建筑家。
[2] 原文为意大利文。

得的，会怎样呢？"她继续想着。"如果那是不能白白赐给的，就怎样呢？啊，那都是天意……而我们，凡人，可怜的罪人……死得这样年轻！……啊，黑暗的魅影，去吧！需要他的生命的，不只是我一个人！"

"可是，如果这是一种惩罚，又怎样呢？"她又想道，"如果我们必须为了我们的罪愆去偿付整个的代价，又怎样呢？我的良心原是平静的，它现在还是平静的，可是，那就是无辜的证明吗？啊，上帝，难道我们真是这样罪孽深重？难道是你，创造了这样的夜、创造了这样的天空的你，为了我们的相爱，要来惩罚我们吗？如果是这样，如果他有罪了，如果我有罪了，"她怀着不由自主地迸发的热情补充说，"那么，请你允许我，哦，上帝，请你允许他，请你允许我们俩，至少死得高贵，死得光荣吧——死在那边，在他祖国的原野上，不要在这死沉沉的屋子里！"

"我可怜的、寂寞的母亲会怎样悲哀呢？"她问自己，她变得迷惘了，不晓得怎样回答自己的问题。叶琳娜不知道，每个人的幸福都是建立在别人的不幸上的，甚至自己的利益和安适，也正如雕像要求座子一样，要求别人的不利和不适。

"伦基奇！"英沙罗夫在梦里喃喃地说。

叶琳娜蹑足走到他身边，弯下身来，给他拭去脸上的汗珠。他在枕上转侧了一会儿，又平静下来。

她重新回到窗前，又一次陷入沉思。她开始宽慰自己，向自己保证，没有什么必须惊惶的理由。她甚至为自己的软弱感到羞愧，"难道真有什么危险吗？难道他不是好多了吗？"她低语着，"真的，如果我们今儿没有去剧场，所有这些思想是一定不会跑到我的脑海里来的。"正在这时，她看见河面上空有一只白色的海鸥，也许是有什么渔人惊动了它，它彷徨地、无声地飞翔着，像在找一个栖息的地方。"唔，如果它飞到这儿来，"叶琳娜想道，"那就是一个好的预兆……"海鸥飞旋了几转，掩起翅膀，好像被人击落了似的，哀鸣了一声，就坠到远远的地方一只黑乎乎的船后去了。叶琳娜抖了一下，可是，立刻就为自己的颤抖感到惭愧。于是，她衣也不解，就躺到床上英沙罗夫的身旁。他这时正急促而且沉重地呼吸着。

三十四

　　英沙罗夫醒得很迟，头部隐隐作痛，全身，如他自己所说，感到虚弱得不像样子。可是，他到底起来了。

　　"伦基奇没有来吗?"是他提出的第一个问题。

　　"还没有，"叶琳娜回答，递给他最近一期的《里雅斯特观察报》[1]，报上关于战争、关于斯拉夫各国和诸公国，都有着详细的报道。英沙罗夫开始看报，她则忙着为他煮咖啡。忽然，有人叩门了。

　　"伦基奇!"两人全都这样想，可是，叩门的人却用俄语说道："可以进来吗?"叶琳娜和英沙罗夫交换了一个惊愕的眼色。不等回答，一位衣着华丽、长着尖尖的小脸和发光的小眼睛的人，就闯进门来了。这人满面红光，好像刚刚发了一笔大财，或者听到了什么天大的喜讯似的。

　　英沙罗夫从椅子上站起来。

---

[1] 原文为意大利文。——原注

"您不认识我啦?"来客说着,就大大方方地走到了英沙罗夫面前,并对叶琳娜很有礼貌地鞠了一躬。"鲁坡雅罗夫,您可记得?我们在莫斯科,在 E⋯⋯家里,见过的。"

"是的,在 E⋯⋯家里。"英沙罗夫说。

"是呀,当然呀!我请您给我介绍介绍您的夫人吧。夫人,我一向就深深地尊敬德米特里·瓦西里耶维奇⋯⋯(他又纠正了自己)尼卡诺尔·瓦西里耶维奇的,现在,到底我有幸认识您二位啦,我真觉得无比幸福。想想吧,"他继续说着,转向英沙罗夫,"我只是昨儿晚间才听说您到了这儿。我,也就住在这个旅馆里。这是个怎样的城市呀!威尼斯就是诗,只能有这么一种说法。可就有一样煞风景:到处都是那些讨厌的奥地利人!噢,这些该死的奥地利人!啊,说起来,您可知道多瑙河上已经有过一次决战,三百个土耳其军官给打死了,西里斯特利亚已经拿下来了,塞尔维亚已经宣布独立。您,作为一位爱国志士,总该高兴得发狂吧,是不是?就是我的斯拉夫的血液也简直沸腾起来啦!可是,我得忠告您,诸事都得小心,我相信会有人监视着您的。这儿的密探真有些可怕!昨儿,一个鬼鬼祟祟的人跑到我跟前来,问我说:'您是俄国人吧?'我可告诉他,我是丹麦人。可是,您好像不大健忘呢,我最亲爱的尼卡诺尔·瓦西里耶维奇,您得去看看医生,夫人,您得督促您丈夫去看看医生呀!昨儿,我发狂似的跑遍了所有的宫殿和教堂——总督府,您当然也去过的呀,处处都多么富丽堂皇啊!特别是那座大纪念堂和马里诺·法列罗[1]空墙,那儿写就着:'因罪处斩。'[2]那些著名监狱,我也去看过,您可以想象到,那简直叫我愤慨极啦!也许您还记得,我对于社会问题历来是很有兴趣的,并且,一向就站在反贵族的一

---

[1]马里诺·法列罗(1278—1355),威尼斯总督,于1355年因反对贵族暴政,被处死刑,在纪念堂中应悬其肖像的地方不悬肖像,仅书:"此为法利叶里之位,因罪处斩。"

[2]原文为拉丁文。——原注

边。我就要把那些拥护贵族政治的人送到那样的地方去，送到那些监牢里去。拜伦说得好：'我来威尼斯，伫立叹息桥。'[1]（这是拜伦的长诗《恰尔德·哈罗尔德游记》第四章的第一句）虽然他自己也是一个贵族。我是一向拥护进步的，青年一代全都拥护进步。可不知道英国人和法国人怎么样？[2]我们倒要看看他们干得出多少事来：布斯特拉巴[3]和帕麦斯顿[4]。帕麦斯顿做了首相呢，您自然知道。不，无论您怎么说，俄国人的拳头总不是玩儿的。那个布斯特拉巴可真是个大大的混蛋！如果您高兴，我可以借给您维克多·雨果的《惩罚集》[5]，妙极啦！《未来——上帝的宪兵》[6]写得大胆是大胆一点，可是，多么有力量，多么有力量！维亚泽姆斯基[7]公爵说得也妙：'欧罗巴不断哄传巴什卡德克拉尔[8]，侧目昔奴魄！'我是很爱诗歌的。普鲁东的近著，我也有，我什么全有。我不知道您怎么觉着，我，可是欢迎这次战争的。可是，国内既然用不到我，我就打算从这儿到佛罗伦萨、到罗马去。法国我是不能去的了，西班牙，我想也是一样，听说那儿的女人真漂亮，可惜，就是太贫穷，跳蚤也多。我本来要到加利福尼亚去的，我们俄国人什么都能做，可是，我答应过一位编辑先生写一篇关于地中海商务问题的详细研究。您也许会说，这是个没有趣味的专业性的问题，可是，我们正需要这个。专家，我们哲学谈得够了，现在，我们需要实践，实践。可

---

[1] 原文为英文。——原注
[2] 英、法于1854年3月对俄宣战。
[3] 布隆、斯特拉斯堡、巴黎的缩写，是拿破仑三世含有蔑视的绰号。
[4] 帕麦斯顿（1784—1865），英国政治家，曾于19世纪50年代与60年代两任英国首相。
[5] 原文为法文。——原注
[6] 原文为法文。——原注
[7] 维亚泽姆斯基（1792—1878），俄国诗人，批评家，杂志编辑。19世纪20年代曾接近普希金等进步文学家。十二月党人起义失败后，转入保守党阵营，晚年为沙皇显宦。
[8] 1853年11月，俄军以一万人大胜土耳其军队三万六千人于巴什卡德克拉尔镇。

是，您真病得不轻啦，尼卡诺尔·瓦西里耶维奇，也许，我叫您疲倦啦，可是，我还得再坐一会儿……"

鲁坡雅罗夫又继续东扯西拉了好一会工夫，在临走的时候，还应许着再来。

英沙罗夫被这不意的拜访弄得精疲力竭了，他躺到沙发上。

"瞧，"他说道，黯然望了叶琳娜一眼，"这就是你们的新时代青年！他们里面的许多人，尽管装腔作势，尽管吹牛，可是，在他们心底里，也正跟刚来的这位一样，不过是些空话匣子罢了。"

叶琳娜没有回答自己的丈夫。在这一瞬，英沙罗夫的虚弱较之俄国整整一代青年的气质，更其令她不安。她坐在他身旁，拿起一些手工来。他闭起眼睛，不动地躺着，完全苍白，而且瘦弱。叶琳娜看了看他瘦削的侧面和他的低垂的两手，一阵突如其来的恐怖，紧紧地攫住了她的心灵。

"德米特里……"她开始说。

他怔了一怔。

"唔？伦基奇来了？"

"还没有……可是，你觉得怎样？你发热呢。你真有点儿不大好，我们该请个医生来吗？"

"那个吹牛家把你吓住啦，用不着。我休息一会儿，就会完全好啦。吃过饭以后，我们还要再出去，到什么地方去。"

两个钟头过去了，英沙罗夫仍然躺在长沙发上，可是，他不能入睡，虽然也并不睁开眼睛。叶琳娜一直不曾离开他的身边，她的手工落在她的膝上，但她却一动也没有动。

"你为什么不睡睡呢？"她终于问他。

"唔，等一等，"他拉过她的手来，搁在自己的头下，"搁到这儿，唔，这样很好。伦基奇来的时候，马上叫醒我。如果他说船已经弄妥了，我们马上就动身。我们该把东西收拾起来啦。"

"收拾不费事呢。"叶琳娜回答。

"那家伙乱吹了一通战争、塞尔维亚,"一会儿以后,英沙罗夫又说,"我看,全是他自己编造的。可是,我们应该,我们应该动身了。我们不能拖延时间……准备起来吧。"

他睡着了。房间里,一切都静寂了。

叶琳娜把头靠着椅背,许久许久地眺望着窗外。天气变得恶劣起来,起风了。大块的白云迅速地扫过天空,远远的地方,一根细长的船桅摇晃着,一面画有红十字的长旗不断地飘着,落下去,又扬起来。老式时钟的摆,同它的悲抑的滴答,在房间里沉重地响着。叶琳娜闭起眼睛。昨晚,她整晚都睡得很差,渐渐地她自己也睡着了。

她做了一个奇怪的梦。好像是,她是和几个不相识的人在察里津诺湖上泛舟。人们全都沉默了,一动不动地坐着,没有人划桨,小舟自动地浮着。叶琳娜并不害怕,只是感到沉闷。她想要知道这些人究竟是谁,她自己为什么会跟他们来到一处?她定神注视着,小湖扩大了,湖岸不见了。现在,这已经不是湖,却是一片骚动的大海:深蓝的、沉默的巨浪威严地颠簸着小舟。从水底深处,有什么咆哮着、威胁着涌上来。她的不相识的同舟者们全都忽然跳起来,绝望地叫着,摆着他们的手。叶琳娜认出他们的面孔来了,其中之一,正是她自己的父亲。可是,忽地一阵白色的旋风扫过了浪头,一切都旋转起来,一切都混乱起来了。

叶琳娜审视了自己的周围:和以前一样,周围一切,全是一片白光。可是,这却是雪,雪,一望无际的雪野。她已经不再在舟中,却好像她从莫斯科出发之日一样,乘着一架雪橇了。她并不是独自一人,在她身旁坐着一个小东西,裹在一件旧外套里。叶琳娜亲切地看了看,原来那就是卡嘉,她昔日的小穷朋友。叶琳娜惊吓起来,她想到:"她不是死了吗?"

"卡嘉,你跟我是往哪儿去呀?"

卡嘉却没有回答,只把破旧的小外套在身上裹得更紧,她好像在发抖,叶琳娜也觉得寒冷了。她瞭望着前途:一片雪雾的笼罩中,远远的隐约可见一座城市。那儿有高耸的白塔和银色的圆顶。"卡嘉,卡嘉,这是莫斯科吗?不,"叶琳娜又想,"这是索洛韦茨基修道院[1]啊,那儿有许多许多窄小的修道小室,蜂巢似的。那儿是窒闷的狭窄的,德米特里给关在那儿啦,我得救他出来!"突然,一道灰色的张着大口的深渊,在她面前展开了,雪橇跌下去了,卡嘉笑起来,"叶琳娜,叶琳娜!"从深渊里,一个声音喊了出来。

"叶琳娜!"声音还在她的耳边清晰地喊着,她急忙抬起头来,转过身子,就呆住了:英沙罗夫,脸色白得似雪,就像她梦里的白雪,正从沙发上挣扎起来,用他那大睁着的、放光的、可怕的眼睛瞪着她。他的头发披散在他的额上,嘴唇奇怪地张开着。恐怖,夹杂着一种苦痛的柔情,表现在他的突然变了容的脸上。

"叶琳娜!"他清楚地说,"我快死啦!"

她绝望地叫了一声,跪下来,偎到他的怀里。

"一切都完了,"英沙罗夫重复说,"我要死啦!……永别了,我可怜的姑娘!永别了,我亲爱的祖国!"

他说着,就倒到沙发上面了。

叶琳娜飞也似的跑出房间,呼救起来,一个侍者跑去找医生。叶琳娜紧紧地偎着英沙罗夫的身体。

正在这时,一个宽肩、黝黑、穿着宽大的粗布上衣和戴着低低的漆布帽子的人,在门槛上出现了,他迷惘地停住了脚步。

"伦基奇!"叶琳娜叫起来,"是您!为了上帝的缘故,您瞧,他晕过去啦!这是怎么回事呀!哦,上帝,哦,上帝!他昨儿还出去过,刚

---

[1] 1436年在白海索洛韦茨基岛上所建立的东正教修道院,它在几百年间都是俄国北方的要塞、宗教中心和经济中心。

刚还跟我讲话来着……”

伦基奇什么也没有说，只是让到一边。从他的身边，匆忙地闪进一个戴着假发和眼镜的小身个儿的人，这是一位住在同一旅馆里的医生。他走到英沙罗夫身边来。

“夫人[1]，”几分钟后，他说道，“这位外国先生死了——il signoreforestiere e morto——由于动脉瘤和肺病的并发症。”

---

[1] 原文为意大利文。

三十五

次日，仍在那间房里，伦基奇靠窗站着，在他面前，坐着叶琳娜，肩上披着披肩。在邻室，英沙罗夫已经躺在棺材里了。叶琳娜的脸上显出恐怖，而且没有生气，两条线纹出现在她额上、双眉中间。这给了她的呆滞的眼睛一种紧张。窗台上，放着已被拆开的安娜·瓦西里耶芙娜的来信，她请求她的女儿回莫斯科来，哪怕只住一个月也好。她诉说着自己的寂寞，抱怨尼古拉·阿尔吉米耶维奇，她问候英沙罗夫，询问他的健康，并且恳求他不要留难他的妻子。

伦基奇是达尔马提亚人，是个水手，是英沙罗夫在祖国旅行的时候认识的，到威尼斯来后他又找到了他。他是一个严肃、顽强、果敢、献身于斯拉夫民族运动的人。他蔑视土耳其人，憎恨奥地利人。

"您要在威尼斯停留多久？"叶琳娜用意大利语问他。她的声音也正和她的面孔一样没有生气。

"一天。为了装货，为了不引起嫌疑。以后，就直开萨拉。我会给我的同胞们带去一个悲痛的消息。他们很久就期待着他，他们是把希望寄托在他身上的。"

"他们是把希望寄托在他身上的。"叶琳娜机械地重复说。

"您什么时候葬他?"伦基奇问。

叶琳娜并不立刻回答:

"明天。"

"明天?那么,我可以留下。我想撒一撮土在他的坟上。并且,您也需要帮助。可是,最好是让他安息在斯拉夫的土地上。"

叶琳娜看着伦基奇。

"船长,"她说道,"请把我跟他一道带去,请把我们带到海的那边,离开这儿。成吗?"

伦基奇沉吟了一下。

"好吧,只是,很麻烦。我们会跟这儿的可诅咒的当局纠缠不清。可是,就算我们能办妥,把他安葬在那边,我又怎么送您回来呢?"

"您不用送我回来。"

"什么?那么,您住在哪儿?"

"我会给我自己找个地方。您只要把我们带去就行,把我带去吧。"

伦基奇搔了搔后脑勺儿。

"随您的意思。可是,这全是很麻烦的。我一定想法儿,我一定试试,请您在这儿等我,我两小时以后回来。"

他走了。叶琳娜走到邻室,靠着墙,许久许久呆立在那里,好像已经变成了石头。接着,她屈膝跪下,但是,她不能祈祷。在她的灵魂里,她没有怨尤,她不敢质问上帝的意旨,她不敢质问他为什么不肯原宥,不肯怜悯,不肯拯救,他为什么惩罚她超过了她的罪愆(即或她是有罪)。我们每个人,只因为活着,就有罪了,任何伟大的思想家、任何伟大的人类的救星,也不能因为自身的功绩就可希望永生的权利……可是,叶琳娜仍然不能祈祷,她已经变成了石头。

当晚,一艘大型的平底船从英沙罗夫夫妇住过的旅馆开出去。船里坐着叶琳娜和伦基奇，他们身旁，搁着一只长方形的匣子，上面盖着一块黑布。船走了约莫半小时，终于到达一艘抛锚在海港入口处的双桅小海船边。叶琳娜和伦基奇上到海船上去，水手们把匣子搬了上来。夜半，风暴猝发，可是，在拂晓的时候，海船却已经驶出"丽多"。整天，风暴以疯狂的暴力怒吼着，鲁意德船舶公司有经验的海员们多半都摇着头，预测海上会出事。在威尼斯、的里雅斯特和达尔马提亚沿岸之间的亚得里亚海，是尤其危险的。

叶琳娜离开威尼斯三星期后，安娜·瓦西里耶芙娜在莫斯科接到了下面的信：

我亲爱的妈妈和爸爸，我是跟你们永别了。你们再也不能见到我了。德米特里昨天死了。对于我，一切都完了。今天，我正伴着他的遗骸，出发到萨拉去。我要去埋葬他，至于我自己会怎么样，我不知道！可是，现在，除了德的祖国，我是没有别的祖国了。在那边，人们正在准备起义，战争的准备已经成熟。我要去做一个看护，我要去看护那些病人和伤兵。我不知道我将来会怎样，可是，就是在德死后，我也要忠于他的遗志，忠于他的终生事业。我已经学会了保加利亚语和塞尔维亚语。也许，我会没有力量忍受这一切。这样更好，我已经给带到了悬崖的边缘，我只有跌下去。命运并不是偶然把我们联系到一处的，谁知道呢，也许是我害了他，现在，是轮到他来拖我了。我原是寻求幸福的，我所得到的，也许是死亡。也许，这一切都是命定的。也许，这中间有着罪孽……但是，死亡是能掩盖一切，能和解一切的，不是吗？请饶恕我，请宽宥我给你们造成的一切苦痛，那都不是出自我的本心。可是，我为什么要回到俄国来呢？我在俄国能做什么事？

请接受我最后的亲吻、最后的祝福，并请不要责备我。

叶

自从那时以后，大致五年过去了，再也没有关于叶琳娜的消息传来。所有的书信和探询，全都徒劳。尼古拉·阿尔吉米耶维奇，在和约缔结以后，还亲自到威尼斯和萨拉去走了一圈，也全无结果。在威尼斯，他探知了读者们所知道的事情，但是，在萨拉，关于伦基奇和他的船，却没有一个人能给他任何确切的消息。据含糊不清的传闻，几年以前，大风暴之后，岸上冲来一具棺材，里面有一个男子的尸体。可是，据另外的多少更可靠的传说，则这具棺材根本不是被海水冲来，却是被卸下来的，由一位从威尼斯来的外国太太安葬在海滨了。还有人补充说，他们后来在集结着军队的黑塞哥维那[1]还见过这位太太，他们甚至描摹了一番她的装束，说她是从头到脚一身黑。可是，尽管如此，叶琳娜的踪迹却是永远地、永不复回地消逝了，谁也不知道她是否仍然活着，或是把自己隐藏在什么地方，或者，是小小的生之悲剧已经垂下了最终的幕，她的微小的生之酵已经得到最后的终结。而现在，是临到死神登场的时候了。谁知道？常有这样的事情：一个人，半夜醒来，以不由自主的恐怖问着自己道：“难道我真的已经是三十……四十……五十了吗？生命怎么消逝得这般快？死亡怎么来得这般近呀？”死神，正如渔夫一样，他已经把鱼打在自己的网里了，但暂时还把它留在水里：鱼仍在游着，可是网却早已套在它周围了，渔夫终究会把它拖上来的——在他高兴的任何时候。

我们故事里的其他人物怎么样了呢？

安娜·瓦西里耶芙娜还活着。自从遭了那一次剧痛以后，她苍老多了，她的抱怨比以前少，可是悲哀却更深。尼古拉·阿尔吉米耶维奇也比较老了，头发也灰白了，并且已经和奥古斯汀娜·赫利斯奇安诺芙娜断绝了来往。现在，他对于所有外国的东西全都诅咒。他家里用着一位女管家，这可是个俄国人，很漂亮，年约三十岁，穿的是丝质的衣裳，

---

[1] 黑塞哥维那，前南斯拉夫南部地区——波斯尼亚和黑塞哥维那。

还戴着金戒指和金耳环。库尔纳托夫斯基，正和所有刚强性子黑头发的男人一样，当然是爱好金发妙颜的女子的，所以，和卓娅结了婚。她完完全全服从他，甚至在思想的时候也不敢再用德语了。伯尔森涅夫正在海德堡[1]，他是被政府资送留学的。他到过柏林和巴黎，一点也没有浪费自己的时间，他会成为一位绝对能够胜任的教授的。他的两篇论文：《从刑法上所见古日耳曼法之若干特点》和《论文明问题中都市原则之意义》，均已引起了学术界的注意，所遗憾的是两篇论文的文字都不免十分累赘，而且夹杂了颇不少的外国字眼。舒宾在罗马，他已经整个地献身于自己的艺术，并已被视为最杰出、最有前途的新进雕塑家之一了。严格的纯正派觉得他对古代雕塑的研究还欠功夫，而且没有"风格"，并且认为他是法兰西派。可是，英国人和美国人却多有定购他的作品的。近来，他所作的一尊《女祭酒》引起了一番大轰动，俄国有名的财主波波什金伯爵本想用一千斯库多[2]把它买来，可是，结果却宁肯用三千斯库多买了另一纯血统的[3]法国雕塑家所作的题为《患相思病的青年农妇垂毙于春之精灵的怀中》的群像。舒宾还不时和乌发尔·伊凡诺维奇通信，唯有这位老人，在任何方面都毫无改变。不久以前，舒宾给他写道："您可记得，那一晚，当我们知道了可怜的叶琳娜结婚的消息，当我坐在您床边跟您谈话的时候，您对我说过的话吗？您可记得，那时我问您：在我们中间会有人吗？您回答我说：'会有的。'哦，您拥有强大的威力的人！现在，在这里，从这地方，从我的'最美丽的远方'，我要再一次问您：'唔，怎么样，乌发尔·伊凡诺维奇。会有的吗？'"

乌发尔·伊凡诺维奇却扭着手指，愣着眼睛，把他那谜样的目光凝视着远方。

---

[1] 海德堡，德国西南部巴登符滕堡州的城市。
[2] 斯库多，意大利旧银币，约等于5里拉。
[3] 原文为法文。——原注

"俄苏文学经典译著·长篇小说"书目

沙宁　　　[苏联] 阿尔志跋绥夫 著 / 郑振铎 译

罗亭　　　[俄国] 屠格涅夫 著 / 陆蠡 译

少年　　　[俄国] 陀思妥耶夫斯基 著 / 耿济之 译

死屋手记　　[俄国] 陀思妥耶夫斯基 著 / 耿济之 译

罪与罚　　　[俄国] 陀思妥耶夫斯基 著 / 汪炳琨 译

卡拉马佐夫兄弟　　[俄国] 陀思妥耶夫斯基 著 / 耿济之 译

白痴　　　[俄国] 陀思妥耶夫斯基 著 / 耿济之 译

铁流　　　[苏联] 绥拉菲莫维奇 著 / 曹靖华 译

父与子　　　[俄国] 屠格涅夫 著 / 耿济之 译

处女地　　　[俄国] 屠格涅夫 著 / 巴金 译

前夜　　[俄国] 屠格涅夫 著 / 丽尼 译

虹　　[苏联] 瓦西列夫斯卡娅 著 / 曹靖华 译

保卫察里津　　[俄国] 阿·托尔斯泰 著 / 曹靖华 译

静静的顿河　　[苏联] 肖洛霍夫 著 / 金人 译

死魂灵　　[俄国] 果戈里 著 / 鲁迅 译

城与年　　[苏联] 斐定 著 / 曹靖华 译

钢铁是怎样炼成的　　[苏联] 奥斯特洛夫斯基 著 / 梅益 译

诸神复活　　[俄国] 梅勒什可夫斯基 著 / 郑超麟 译

战争与和平　　[俄国] 列夫·托尔斯泰 著 / 郭沫若　高植 译

人民是不朽的　　[苏联] 格罗斯曼 著 / 茅盾 译

孤独　　[苏联] 维尔塔 著 / 冯夷 译

爱的分野　　[苏联] 罗曼诺夫 著 / 蒋光慈　陈情 译

地下室手记　　　[俄国]陀思妥耶夫斯基 著／洪灵菲 译

赌徒　　[俄国]陀思妥耶夫斯基 著／洪灵菲 译

盗用公款的人们　　　[苏联]卡泰耶夫 著／小莹 译

在人间　　[苏联]高尔基 著／王季愚 译

我的大学　　　[苏联]高尔基 著／杜畏之　萼心 译

赤恋　　[苏联]柯伦泰 著／温生民 译

夏伯阳　　[苏联]富曼诺夫 著／郭定一 译

被开垦的处女地　　　[苏联]肖洛霍夫 著／立波 译

大学生私生活　　　[苏联]顾米列夫斯基 著／周起应　立波 译

奥尼金　　[俄国]普希金 著／甦夫 译

盲乐师　　[俄国]柯罗连科 著／张亚权 译

家事　　[苏联]高尔基 著／耿济之 译

我的童年　　　[苏联]高尔基 著／姚蓬子 译

贵族之家　　　[俄国]屠格涅夫 著／丽尼 译

毁灭　　[苏联]法捷耶夫 著／鲁迅 译

十月　　[苏联]A. 雅各武莱夫 著／鲁迅 译

安娜·卡列尼娜　　　[俄国]列夫·托尔斯泰 著／周笕　罗稷南 译

克里·萨木金的一生　　　[苏联]高尔基 著／罗稷南 译

对马　　[苏联]普里波伊 著／梅益 译

暴风雨所诞生的　　　[苏联]奥斯特洛夫斯基 著／王语今　孙广英 译

猎人日记　　　[俄国]屠格涅夫 著／耿济之 译

上尉的女儿　　　[俄国]普希金 著／孙用 译

被侮辱与被损害的　　　[俄国]陀思妥耶夫斯基 著／李霁野 译

复活　　[俄国]列夫·托尔斯泰 著／高植 译

幼年·少年·青年　　　[俄国]列夫·托尔斯泰 著／高植 译

烟　　[俄国]屠格涅夫 著／陆蠡 译

母亲　　[苏联]高尔基 著／沈端先 译